Lincoln Peirce

Super Nick

Bei mir läuft's, ihr Nullchecker!

Aus dem Amerikanischen von
Bettina Spangler

ZUR **HUNDERTJAHRFEIER** DER SCHULE SIND DRINGENDE REPARATUREN NÖTIG!

Was wünschst **DU** dir zu **DEINEM** Geburtstag?
BRECKENRIDGE
Ein **BLUMEN**-Geschenk!
Ernsthaft
MR GALVIN
Ein **LEBEN!** Weil ich keins **HAB!**
DEE DEE
TANZ-stunden!
AU!
DUSCH!
GINA
Nichts! Bin **PERFEKT,** so wie ich **BIN!**
A+

DEIN → ← NAME

DEIN GEBURTSDATUM:

DEIN ALTER:

ZEICHNE DICH SELBST!

cbj

Kinder- und Jugendbuchverlag
in der Verlagsgruppe Random House

MIX
Papier aus verantwortungsvollen Quellen
FSC® C014496

Verlagsgruppe Random House FSC® N001967

2. Auflage

Die amerikanische Originalausgabe erschien 2015 unter dem Titel:
»Big Nate Lives It Up«
bei Harper, einem Imprint von HarperCollins Publishers, New York
Dieses Werk wurde vermittelt durch die literarische Agentur
Thomas Schlück GmbH, Garbsen
Übersetzung: Bettina Spangler
Lektorat: Carolin Müller
Umschlagkonzeption: init | Kommunikationsdesign, Bad Oeynhausen
unter Verwendung einer Illustration von © 2015 Lincoln Peirce
AW · Herstellung: UK
Satz: Vornehm Mediengestaltung GmbH, München
Druck: GGP Media GmbH, Pößneck
ISBN 978-3-570-17175-2
Printed in Germany

www.cbj-verlag.de

Für Ray und Blanche

KAPITEL 1

Langsam reicht es mir mit Amanda Kornblatts Pferdetick.

... UND IN KAPITEL 10, GERADE MAL 1 WOCHE VOR DEM GROSSEN RENNEN, LAHMT WUNDERFLANKE PLÖTZLICH!
UCH
LUB

Lahm, und wie. Es ist Dienstagmorgen im FBK – soll heißen dem Frühstücks-Buch-Klub –, und ich hör mit einem Ohr zu, wie Amanda wieder eine ihrer blöden Ponystorys zum Besten gibt. Letzte Woche war es »Wunderflanke: Die Befreiung.« Titel heute ist »Wunderflanke 2: Das Rennen.«

ICH WÄRE FÜR »WUNDERFLANKE 3: ZUM EINSCHLAFEN.«
UND »WUNDERFLANKE 4: DAS KOMA.«

Teddy macht ein Geräusch, das EXAKT klingt wie ein prustendes Pferd. Klar kann er nichts dafür, so lacht er

ZZZZ
MMPF!

eben. Ich bin mir fast sicher, dass Hickey – äh, Mrs Hickson, die Bibliothekarin – ausrasten wird, aber ihre Augenlider sind auf halbmast. Was komisch ist, weil Hickey nämlich normalerweise echt gut darin ist, Interesse an den Lieblingsbüchern der Kids zu heucheln. Selbst wenn es Schnarchnummern sind wie die folgenden:

»Elfenkriege von Darthon: Die Drachenfluch-Trilogie«
ELFENKRIEGE VON DARTHON
COLIN BRUNS
»Theoretische Mathematik für Fortgeschrittene«
Theoretische Mathematik für Fortgeschrittene
LESTER CODE
»Wie man sprechen für bessere Deutsch«
»Der Cheerleader-Klub: Immer Ärger mit den Jungs«
»Voll depri Liebesgedichte, die sich nicht mal reimen«
Nicht der Original-Titel. Würde aber PASSEN!
Ich hasse lesen. Komm bloß, weil's was zu kauen gibt.
Heb dir den Code GUT auf!
=A =B =C =D =E =F =G
=H =I =J =K =L =M =N
=O =P =Q =R =S =T =U
=V =W =X =Y =Z

Endlich kommt Amanda zum Schluss (Spoileralarm: Wunderflanke gewinnt das Rennen!), und wir wollen uns schon dezent verkrümeln, als …

MOMENTCHEN, KINDER! ICH MUSS EUCH ETWAS MITTEILEN!

Oh-oh. Alle in Deckung! Sofern es kein Essen oder Geld ist, bin ich nicht so scharf drauf, wenn Lehrer etwas mit mir teilen. Wisst ihr noch, als Trainer John uns seine Nierensteinsammlung gezeigt hat?

UND DER HÄTTE MICH FAST GEKILLT!

Hickey zieht ein kleines, ramponiertes Büchlein aus ihrer Schreibtischschublade. Es hat in etwa die Größe von einem Stapel Verweisen.

*ÄHEM! *NICHT DASS
ICH JE EINEN GE-
KRIEGT HÄTTE!

»Das hier hab ich kürzlich im Schularchiv entdeckt!«, erklärt sie uns.

GESCHRIEBEN VON EINER
SCHÜLERIN UNSERER SCHULE!

Okay, da schlägt das Spannungsbarometer nicht zwingend aus. So 'ne Tussi hat also ein Buch geschrieben. Juckt mich das?

»Ihr Name war Edna Birkdale«, sagt Hickey, und dann steht sie bloß da und grinst, so typisch Lehrer, von wegen »Und, kommt jetzt eine Reaktion?«.

HÄ?
WIE, WER?
EDNA?
GIBT HIER KEINE EDNA!
NIE GE-HÖRT!
PFFT

»Überrascht mich nicht, dass ihr den Namen nicht kennt«, fährt sie fort.

SIE HAT VOR
100 JAHREN
GELEBT!
IST ALSO
EIN SEHR
ALTES BUCH!

»Ich dachte, das Älteste hier ist Mr Galvin«, wispert Teddy. Nur zur Info, Mr Galvin ist unser Biolehrer. Sogar seine FALTEN haben Falten.

»Ich sollte es nicht als Buch bezeichnen«, korrigiert Hickey sich. »Eigentlich ist es ein Tagebuch über das Leben an unserer Schule in den Anfangsjahren.«

KEINE BIB-
LIOTHEK ...
KEINE
KANTINE ...
KEINE
BIBLIOTHEK?
KEINE
SCHUL-
KANTINE?
RUHIG,
CHAD.

»… und natürlich kein Parkplatz«, fährt sie fort. »Damals gab es keine Schulbusse und Autos waren noch nicht mal richtig ERFUNDEN!«

MANCHE RITTEN AUF DEM **PFERD** ZUR SCHULE!
KREISCH!

Oha, aufgepasst! Amanda befördert mich mit ihrem Ellbogen fast ins Nirwana. Demnächst im Handel: »Wunderflanke 5: Der Schädelbasisbruch.«

»Ich wünschte, ich hätte damals gelebt!«, schwärmt Amanda.

»Dann wären wir schon zwei«, grummele ich.

WAS FÜR FÄ-CHER HATTEN DIE DAMALS?
WIE LANGE DAUERTE EIN SCHULTAG?
WIE VIELE SCHÜLER WAREN HIER?
WAS FÜR TESTS MUSSTEN SIE SCHREIBEN?

Hickey wirft einen Blick auf die Uhr. »Ups! Keine Zeit mehr. Hebt euch eure Fragen für unser nächstes Treffen auf. Vielleicht liefert uns Ednas Tagebuch ja die Antworten!«

Francis strahlt, als wir zur Bibliothek rausmarschieren. »Dieses Tagebuch klingt SPANNEND!«

FÜR **DICH** VIELLEICHT!
JA, FRANCIS! DU FINDEST SOGAR **SELLERIE** SPANNEND!

»Nur zu eurer Info, Sellerie ist zufällig eines der vielseitigsten Gemüse, die es gibt«, schnaubt er beleidigt. »Außerdem, was ist falsch dran, wenn man was über jemanden aus der Vergangenheit wissen will?«

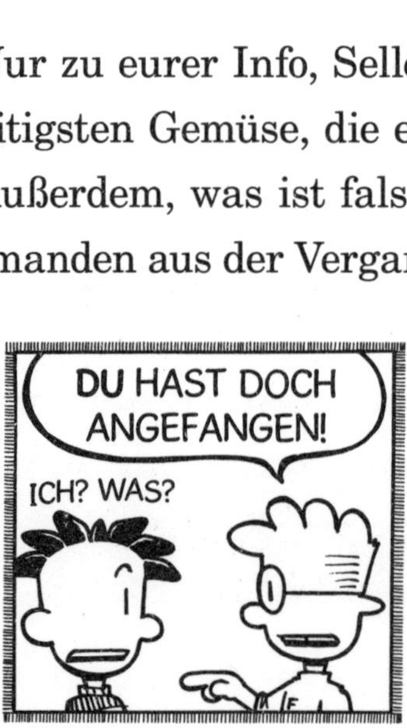
DU HAST DOCH ANGEFANGEN!
ICH? WAS?

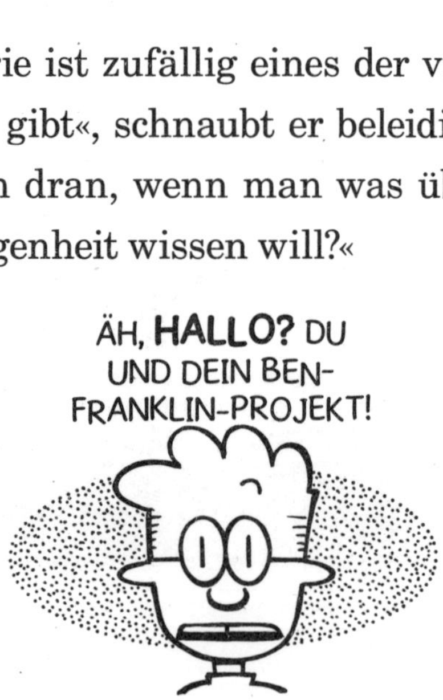
ÄH, **HALLO?** DU UND DEIN BEN-FRANKLIN-PROJEKT!

»Das war was anderes«, sage ich. »Ben Franklin war Erfinder, Autor, Cartoonist … er war COOL!«

NA, VIELLEICHT WAR EDNA BIRKDALE AUCH TOTAL COOL!
LOGO. WEIL DER NAME EDNA JA SO UNGLAUBLICH »COOL« KLINGT!

»Meine Großtante hieß Edna«, meldet Chad sich. »Sie hatte nur einen Zahn und stank nach Mottenkugeln.«

»Danke, damit bestätigst du meine Theorie.« Teddy kichert.

TJA, ICH FREU MICH DRAUF, WAS ÜBER UNSERE SCHULE ZUR DAMALIGEN ZEIT ZU LESEN! IST HISTORISCH!

Typisch Francis. Interessiert sich ERNSTHAFT für Geschichte. Und Sellerie. Und so ziemlich alles. Jeder weiß, dass er das schlauste Kerlchen hier ist. Aber er lässt das nicht RAUSHÄNGEN …

FRANCIS-INFO:
Er sagt dir die Namen aller US-Präsidenten in 20 Sekunden auf. Rückwärts.
HAYES GRANT JOHNSON
LINCOLN BUCHANAN PIERCE
FILLMORE TAYLOR POLK
TYLER HARRISON VAN BUREN
TICK
TACK
TICK
TACK
TICK

… IM GEGENSATZ ZU DER DA!
… UND MRS GODFREY FAND MEINEN TEXT AM BESTEN VON ALLEN!

Seht ihr? Ich darf vorstellen, Gina und ihr aufgeblähtes Riesenego. Schon kapiert, Gina: Du bist der Oberhirni! Mit entsprechend großer Klappe!

Als sie mich entdeckt, kommt sie angeschlendert.

»Super Auftritt im FBK«, grinst sie.

»ÖÖH ... HEY, LEUTE! SCHAUT MAL, WAS ICH LESE! NOCH 'NEN BLÖDEN COMIC!«

Meine Ohren glühen. »Wenn du nur halb so schlau wärst, wie du behauptest, Gina, dann wüsstest du, dass es ein ComicROMAN und kein Comic war.«

BIST DU ABER NICHT! ALSO KLAPPE HALTEN!
NICK?
AUF EIN WORT, BITTE.

Ich fahre herum und sehe mich direkt mit einer Plauze von der Größe eines Kleinlasters konfrontiert. Es ist Direktor Nichols. Die Frage ist nur: WELCHER Direktor Nichols?

SÜSS
Als Direktor einer Mittelschule hab ich den TOLLSTEN Job der WELT!
PIKANT
Mit den Kids dreht man manchmal durch, aber im absolut POSITIVEN Sinne!
EXTRA SAUER
HEY! ICH HAB GESAGT, KEIN GERENNE AUF DEM FLUR!

Hmm. Tja, sieht nicht aus, als wollte er mich umbringen. Das ist ja schon mal gut.

»Nick, wir haben einen neuen Schüler. Kannst du ihm die Schule zeigen, ihm helfen, Freunde zu finden … kurz gesagt, in den kommenden Wochen sein ›Kumpel‹ sein?«

NA KLAR, GERN!
WUNDERBAR! KOMM DOCH NACH DER STUNDE IN MEIN BÜRO!

Jetzt bin ICH am Grinsen. »Wie findest du DAS, Gina? Er hätte DICH um diesen Gefallen bitten können, aber er hat MICH gefragt!«

»Gratuliere«, meint sie spöttisch.

ZU EINEM JOB, DEN SELBST EIN DRESSIERTER AFFE HINKRIEGT!

Leider sind mir die schlagfertigen Retourkutschen gerade ausgegangen, also steh ich bloß da wie ein Idiot, während Gina abdampft.

»Denk dir nichts, Nick«, sagt da eine vertraute Stimme.

DIREKTOR NICHOLS BITTET NUR NETTE KINDER, SICH UM NEUE SCHÜLER ZU KÜMMERN!
DAMIT IST SIE RAUS!
ZWINKER!

Ha! Der war gut, Dee Dee. Gina mag ja Vorsitzende des Debattierklubs sein, aber Dee Dee hat immer das letzte Wort. Wollt ihr ihr Geheimnis hören?

SIE HÖRT NIE AUF MIT REDEN!
... UND DANN, BEI DER PROBE, IST UNS AUFGEFALLEN, DASS DIE AKUSTIK MIES WAR. ES KLANG V
WIE IM
SCHWIMMBA

»Und, wer ist der Neue?«, fragt Dee Dee schließlich, nachdem sie minutenlang was dahergefaselt hat von … ähmmmm … sorry, hab nicht zugehört.

»Keine Ahnung«, gestehe ich.

ICH HOFFE BLOSS, DASS ES JEMAND NETTES IST!

Das ist das Spannende, wenn man jemandes »Kumpel« ist. Wenn es läuft, dann läuft es so RICHTIG – so wie damals, als Teddy neu an der Schule war. Wir waren im

Nullkommanix die besten Freunde. Aber ansonsten: Seht selbst!

NEUE-SCHÜLER-KATASTROPHEN
LAURA DUNPHY
Nicht eben ein positiver Mensch.
Diese Schule ist echt BESCHISSEN, ich HASSE es hier! Ich hasse euch ALLE!
MIKEY »SCHNORRER« MACDONALD
Bloß nicht beim Essen neben ihn setzen.
Hey, das sieht lecker aus! Isst du das noch? Ich esse es! Darf ICH das fertigessen? Nur einmal beißen!
KIM CRESSLY
Keiner fand sie so schlimm wie ich.
Begleite mich nach der Schule heim, sonst setzt's was!
Okee!

Nach der Stunde schlurfe ich also zum Direktor, um den Neuen kennenzulernen. Ist schon komisch. Keine Ahnung, wie er heißt, wie er aussieht, ich weiß nichts über ihn …

ABER ICH SOLL SEIN **KUMPEL** SEIN!
ACH, HALLO, NICK!

»Hi, Mrs Shipulski.«

»Du bist sicher wegen Breckenridge da«, meint sie.

ÖHHH … BRECKENRIDGE?
WAS'N DAS?

Direktor Nichols reißt schwungvoll die Bürotür auf und winkt mich rein. »Nicht WAS, Nick! Sondern WER!«

VOILÀ, DEIN NEUER **KLASSENKAMERAD!**
NICK WRIGHT, DAS IST **BRECKENRIDGE PUFFINGTON III!**

Wow, das ist … puh … krasser Name. Der Typ winkt mir schüchtern zu. Ehrlich, der sieht aus, als würde er sich gleich in die Hose strullern. Schätze, da muss ich den Anfang machen.

»Hi«, sage ich und will ihm die Hand schütteln.

Fühlt sich an wie eine nasse Nudel. Irgendwas an ihm kommt mir bekannt vor. Irgendwas klingelt da bei Breckenridge Puffington III. Irre ich mich?

KENN ICH DEN NICHT
VON IRGENDWOHER?

KAPITEL 2

»Ich würde sagen, sieht nach dem Beginn einer wunderbaren Freundschaft aus!«, verkündet Direktor Nichols zufrieden, als Breckenridge und ich sein Büro verlassen.

DENKEN SIE NICHT, MRS SHIPULSKI?
ABSOLUT! SIE SIND BESTIMMT BALD BESTE FREUNDE!

Beste Freunde? Pff, glaube nicht. Ich spür hier keine Freundschafts-Vibes. Außerdem hab ich es gern, wenn meine Freunde so was wie PERSÖNLICHKEIT haben. Der Typ da ist so spannend wie ein Telefonbuch.

SELBST WENN ICH DEN KENNE ...
... KEIN WUNDER, DASS ICH MICH NICHT ERINNERE AN IHN!

Aber ich soll dem Typen hier ja Starthilfe geben, klar? Tja, gleich kommt der Gong. Ich sollte ihn schon mal vorwarnen, was ihn als Nächstes erwartet.

MACH DICH BEREIT ...
... FÜR MRS GODFREY!

»Wer ist das?«, fragt er. Seine Stimme klingt piepsig und weinerlich.

»Sie ist unsere Sozialkundelehrerin«, sage ich. Ich krame einen Packen Papier raus.

HIER DRIN STEHT ALLES, WAS DU WISSEN MUSST!
? ?

EIN TAG IM LE- BEN VON ...
MRS GODFREY!
Eines frühen Morgens ...
Ahh! Ein neuer Tag, um Kinder zu knechten und zu quälen!
Fels
Kaffee, Sardinen und rohe Zwiebeln zum Frühstück geben meinem Atem das gewisse Etwas!
mampf
mampf
schlurf
schlonz
rülps

Was FREU ich mich auf die Gesichter von den Rotzgören, wenn sie den TEST zurückkriegen! MUAAAAHAHAHAHA!
WUUUSCH!
Dann ...
RUHE, UND ZWAR DALLI!
Mrs Godfrey?
Jaaaa, liebe Gina?
Ich hab BROWNIES für alle!
MAMPF! HMPF! MPF! MJAM! KAU! GNK!
Ääääh ... kriegen wir nichts ab davon?
WILLST DU FRECH WERDEN?
ZONK!

Hust! *Würg!*
Wird dir gleich vergehen ...
... bei deiner NOTE!
Dramatische Musik!
'Ne 4-?
Aber ich hab doch fast alle Antworten RICHTIG!
Rülps. Ich weiß.
Hab Punkte abgezogen, weil du so FRECH bist!
UND JETZT GEH NACHSITZEN!
PSYCHO-Tante!
SPÄTER, IM LEHRERZIMMER ...
Ahhhh! So toll, der LEHRBERUF!
WHIRLPOOL
ENDE!

Breckenridges Gesicht wird kreidebleich. Und dabei ist er ohnehin schon recht fahl. »I-ist die immer so?«, stammelt er.

Ich nicke. »Oh ja.«

MEINE COMICS SIND BERÜHMT FÜR IHREN HARTEN REALISMUS!
ACH, HALLO! DU MUSST BRECKENRIDGE PUFFINGTON III. SEIN!

Ein paar Kids kichern. Hey, kann man ihnen das verübeln? Der Name IST total albern. Klingt ja eher, als wäre er ein Prinz und kein Mensch.

Seid gegrüßt, königliche Hoheit ...
... LORD SCHWACHMAT VON DÖDELINGEN!

Mrs Godfrey schenkt Breckenridge ein Grinsen von einem Ohr zum anderen – und so fett wie die ist, ist das eine ganz schöne Strecke. Das tut sie nicht bei JEDEM. DAS Lächeln ist eigentlich für GINA reserviert.

WILLKOMMEN HIER! ICH BRINGE DICH AN DEINEN PLATZ!

Schon kapiert. Der Typ ist neu, daher zieht sie hier eine Show ab. Noch ist alles Friede, Freude, Eierkuchen. Aber wartet nur ab …

... DANN ZEIGT MRS GODZILLA IHR WAHRES GESICHT!
INFO ZU MRS GODFREY: Sie lässt öfter nachsitzen als alle anderen Lehrer ... ZUSAMMEN!
DAS SIND VIER TAGE AM STÜCK!

Wir ackern irgendein sinnloses Arbeitsblatt durch (wen INTERESSIERT die Schlacht von Yorktown?), während Mrs Godfrey Breckenridge in den Klassenzimmer-Verhaltenskodex einweist – oder wie ich das gern nenne …

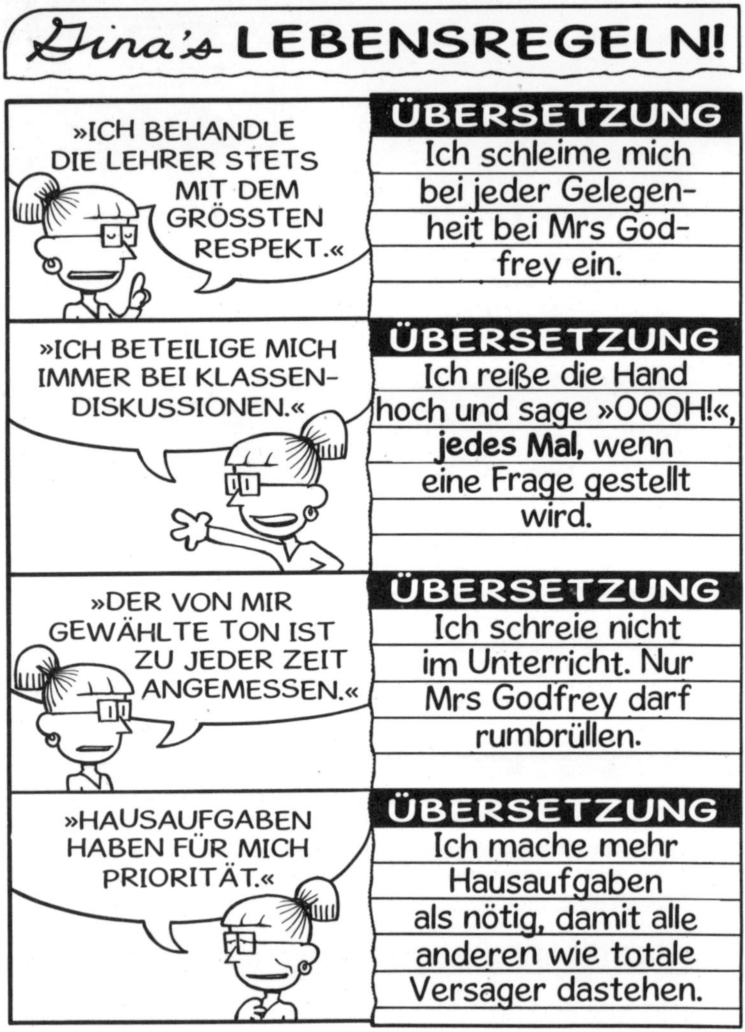

Gina's LEBENSREGELN!
»ICH BEHANDLE DIE LEHRER STETS MIT DEM GRÖSSTEN RESPEKT.«
ÜBERSETZUNG
Ich schleime mich bei jeder Gelegenheit bei Mrs Godfrey ein.
»ICH BETEILIGE MICH IMMER BEI KLASSENDISKUSSIONEN.«
ÜBERSETZUNG
Ich reiße die Hand hoch und sage »OOOH!«, jedes Mal, wenn eine Frage gestellt wird.
»DER VON MIR GEWÄHLTE TON IST ZU JEDER ZEIT ANGEMESSEN.«
ÜBERSETZUNG
Ich schreie nicht im Unterricht. Nur Mrs Godfrey darf rumbrüllen.
»HAUSAUFGABEN HABEN FÜR MICH PRIORITÄT.«
ÜBERSETZUNG
Ich mache mehr Hausaufgaben als nötig, damit alle anderen wie totale Versager dastehen.

Als der Gong ertönt, verkrümeln wir uns. Breckenridge klebt an mir dran wie Fusseln an einem Lutscher. Ich dachte, der soll mein KUMPEL sein, nicht mein blöder SCHATTEN.

»DU meintest, Mrs Godfrey wäre FIES«, flüstert er. »Aber zu MIR war sie nett.«

TJA, NUN ... HAT WOHL ESSEN GEROCHEN.
HAST DU WAS ZU FUTTERN IM RUCKSACK?
HEH
HEH
HEH

Breckenridge bringt noch nicht mal ein müdes Lächeln zustande. Okay, war nicht eben Eins-a-Material, aber SO schlecht war der Witz auch nicht. Ich versuch's noch mal.

»Hey, willst du ein paar von Mrs Godfreys Spitznamen hören?«, frage ich ihn.

MISS MUFFIN, DOPPEL WHOPPER, MRS
KOTZFRE HAARHELM, MADAM FETTFESSEL
DAMPF TANIC, TANKWAGEN, MRS
KOLOS INCHEN E PLUNZE
BIGFOOT HNTONNE KONG,
MADAM FRAU B H, JAB-
BA THE FE ILLA, DA ALZE,
CHUCKFREY DERPU - IG BANG

Ich warte auf eine Antwort. Grillengezirpe. Was ist bloß LOS mit dem Typen?

NORMALERWEISE LACH-
EN ALLE ÜBER MICH!
ÄH ...
WUUSCH!
ACHTUNG!
RUTSCH-
GEFAHR!

SPLOTSCH!

HA HA HA HA HA HA
HA HA HA HA HA HA
ACHTUNG! RUTSCH-
BCATS

Seht ihr, was ich meine?

Teddy hilft mir kichernd auf die Füße. »Hast du denn das SCHILD nicht gesehen?«

»Das hätte ich vielleicht«, blaffe ich, während ich mir das T-Shirt auswringe.

... WENN MEIN ... ÄHEM ... KUMPEL MICH GEWARNT HÄTTE!

Breckenridge murmelt was von wegen, er hätte mich ja warnen wollen. Ich hör ihn gar nicht richtig, weil er (a)

so ’ne kümmerliche Stimme hat und es (b) schwer ist, zuzuhören mit triefnasser Unterwäsche.

Außerdem hab ich immer noch das Gefühl, den irgendwoher zu kennen.

Aber: Kann mich nich’ konzentrieren. Nasse Unterwäsche.

»Warum war denn da die Riesenpfütze?«, will Breckenridge wissen, während ich weiter den Flur langschlurfe.

»Das Dach ist undicht«, sage ich.

PLITSCH
PLITSCH
PLITSCH
PLITSCH
PLITSCH
PLITSCH

»Können die das nicht reparieren?«

HIER WIRD NIE IRGENDWAS REPARIERT!
IS’ ’NE TOTALE BRUCHBUDE!

Wie wahr. Unsere Schule fällt echt auseinander. BUCHSTÄBLICH! Ich will gar nicht anfangen mit all den Dingen, die repariert werden müssten. Hier die Highlights.

UAAAAAH!
Kein Warmwasser in den Jungsumkleiden.
Büro der Schulpsychologin stinkt wie ranzige Majo.
Und wie FÜHLST du dich dabei?
WÜRG!
Dann mischt man die Farben, und ...
ACHTUNG!
Im Kunstsaal kommt die Decke runter.
Grüner Teppich im Biosaal ist in echt Schimmelkolonie.
Ist so ... flauschig.
Kann man die Pilze da essen?
PLITSCH
PLITSCH

»Tja, selbst wenn es 'ne Bruchbude ist, muss ich mich hier zurechtfinden«, meint Breckenridge.

»Ja klar, ich führ dich rum. Aber wir machen es …«

… NICK-
MÄSSIG!

Wisst ihr, JEDER könnte Breckenridge vom Krankenzimmer zum Computerlabor und an sämtliche öde Orte dazwischen schleifen. Aber es braucht schon einen ganz besonderen Fremdenführer, wenn man die ECHTEN Highlights sehen will. Dann also mal los.

HIER HAT TEDDY DEN SCHULREKORD IM MARATHON-RÜLPSEN AUF-GESTELLT!

HIER STAND MARK CHESWICK, ALS SEINE HOSE EXPLODIERT IST!
AN DIESER STELLE HAT MARY ELLEN POPOWSKI AUF TRAINER JOHNS SCHUHE GEKOTZT!
UND GENAU HIER HAB ICH RANDY 'NEN KUCHEN INS GESICHT GEKLATSCHT!

»Wer ist Randy?«, fragt Breckenridge mit piepsiger Stimme.

DAS BIN ICH!

Alarmstufe Rot. Hier kommt Randy Betancourt, Oberdepp der Schule. Warum ist bloß immer kein Kuchen da, wenn man grad dringend welchen braucht?

»Wie ich höre, gibt es hier ein neues Weichei!«, spottet er.

... UND AUSGERECHNET DER GRÖSSTE LOSER HIER IST SEIN KUMPEL!
HA HEH HA
HA HEH HA
RUBBEL RUB RUBBEL RUBBEL RUBBEL RUBBEL RUBBEL RUBBEL
AU!

Randy schubst mich beiseite und baut sich direkt vor Breckenridge auf. Nur dass er einen ganzen Kopf größer ist. Der arme Knilch bibbert wie eine Schüssel Wackelpudding.

»Wie heißt du, du Wicht?«

WIE??
B- BRECKENRIDGE PUFFINGTON III.

HA HA HA HAR HAR
HO HO HO HA HA
UH

Ich hab's geahnt. Breckenridge ist nicht einfach nur der Neue, sondern ein Schwachmat mit einem Namen, der nach britischem Eliteinternat klingt. Armes Würstchen.

»Kommt, Jungs!«, kräht Randy. »Wollen wir Puffy hier mal einen offiziellen Empfang bereiten!«

ZEIGEN WIR IHM EINE VON UNSREN HÜBSCHEN **KLOSCHÜSSELN!**
GNIHI! GNIHI!
GENAU, RANDY!
HA HA
HA

Hilflos blicke ich mich um. Ist ja klar: Randy und seine Jungs machen Stunk und kein Lehrer weit und breit! Wenn jetzt nicht jemand aufsteht und SCHLEUNIGST was unternimmt …

… STECKEN DIE BRECKENRIDGE INS **KLO!**

Ja, schon klar. Kann den Typen noch nicht mal besonders gut LEIDEN. Und ich bin nur einer gegen eine ganze HORDE von ihnen. Warum also sollte ich für Breckenridge Puffington III. Kopf und Kragen riskieren?

SEUFZ ...

WEIL MAN SO WAS VON EINEM **KUMPEL** ERWARTET!

KAPITEL 3

Das Überraschungsmoment ist das Einzige, was ich zu meinem Vorteil nutzen kann.

RANDY WIRD NICHT ERWARTEN, DASS ICH ...
KRRRK!

Ich höre es, nehme einen Schatten wahr. Aber was auch immer es ist, es ist zu schnell, als dass ich noch ausweichen könnte.

KLONK!

Etwas knallt mir direkt an den Kopf. Sekunden später legt es mich – zum zweiten Mal heute – flach wie ein platt gewalztes Eichhörnchen. Ich blinzele und sehe mich um. Was hat mich denn da erwischt?

MISS CLARKE! WAS IST GESCHEHEN?
EINE DECKEN-FLIESE HAT IHN GETROFFEN!

Eine Deckenfliese? DAS war es also? Kein Güterzug? Oder einer von diesen Cartoon-Ambossen?

Miss Clarke hilft mir auf die Füße. »Zum Glück sind die Fliesen hauptsächlich aus Styropor«, sagt sie.

»Ja, aber ganz schön SCHWERES Styropor«, protestiere ich. »Sehr gefährlich. Wenn nicht gar tödlich.«

EIN GLÜCK, DASS ICH **LEBE!**
HIER IST 'NE KLITZEKLEINE BEULE.
ZUR SICHERHEIT SOLLTEST DU ZU MRS ALBERT GEHEN!

Was? Immer LANGSAM! Wir wollen doch nichts ÜBERSTÜRZEN!

»Ich brauche Mrs Alberts Hilfe nicht«, platze ich raus.

MIR GEHT'S **PRIMA!** WIE SIE SCHON SAGTEN, WAR JA NUR STYROPOR! TOTAL LEICHT! SEHR ... ÄH ... STYROPORIG! HA HA! ES WÄRE ALSO ABSOLUTE ...*HÜSTEL*... ZEITVERSCHWENDUNG, ZU MRS ALBERT ZU GEHEN, UND ES WÜRDE GAR NICHT WIRKLICH ...

INFO ZU MRS ALBERT:
Sie stellt gern Fragen, während sie dir ein Stäbchen in den Rachen rammt.
UND! WIE LÄUFT'S?
URKS!

Mrs Albert ist die Schulschwester. Und nein, ich hab keine Angst vor ihr, wenn es das ist, was ihr jetzt denkt. Bloß find ich es nicht eben SPASSIG bei ihr, okay?

Normalerweise geht man dahin, um sich einen Splitter aus dem Finger popeln zu lassen …

DARF ... NICHT ... SCHREIEN.
DARF ... NICHT ...
UAAAH!

… oder weil man sich aus Versehen auf einen Kaktus draufgepflanzt hat.

LIEBE GÜTE!
GESUNDES LEBEN

Ja, ich hab mich mal auf einen Kaktus gesetzt. Hätte jedem passieren können. Also Klappe.
Egal, wie wäre es, wenn wir die Sache mit der Schulschwester einfach vergessen?

Pech gehabt. Miss Clarke hält mir einen Vortrag, von wegen, das sei kein Vorschlag, sondern ein BEFEHL, und Direktor Nichols, der die Lehrer unterstützen soll, pflichtet ihr bei (Schock). Bleibt mir also was anderes übrig? Ich gehe zu Mrs Albert.

DIE WILL MIR SICHER GLEICH DEN KOPF AMPUTIEREN!
SCHULSCHWESTER
NUR REIN! ZURÜCK IN 5 MINUTEN!

Zurück in fünf Minuten? Mir auch recht. Dann kann ich ganze fünf Minuten an meinem neusten Comic-Meisterwerk arbeiten:

Eine WEITERE »KRANKE« FOLGE VON ...
DR. SÜNDENPFUHL!
MIT GASTSTAR SCHWESTER MARINA BIOLOGIE!
Ein sicheres Rezept ...
... für LACHER!

Eines Tages im Krankenhaus ...
Schwester, werden Sie Zeugin von etwas UN-GLAUBLICHEM!
Sie waschen sich vor der Operation die Hände?
D.O.A.
NATÜRLICH nicht! Ich führe eine REVOLUTIONÄRE Operation durch!
Die allererste GEHIRNVERPFLANZUNG!
Liebe Güte!
Aber ist das nicht GEFÄHRLICH, Doktor?
Keine Sorge, Schwester, MIR passiert nichts!
Äh ... ich meinte gefährlich für den PATIENTEN!
Oh.

Zum Glück ist der Patient zu **DUMM**, um das Risiko zu kennen!
Wer ist es?
RANDY *BLÖDANCOURT!*
LOSER!
Dann …
Erst entferne ich Randys Gehirn …
WOW, wie winzig!
Jetzt ERSETZE ich es durch das des Supergenies *IRWIN GRAUMATERIE!*
Randy ist danach also intelligenter?
Tja, dümmer geht nimmer, wenn Sie verstehen, was ich meine!
SPROTZ! PLATSCH!

Fertig! Ich näh ihn zu, dann ...
Moment, etwas stimmt nicht!
Sein Körper WEIST das neue Gehirn AB! ZURÜCK, SCHWESTER!
PLOINK!
MIST! Die Operation war ein totaler FEHLSCHLAG!
Jetzt muss ich ihm was ANDERES in den Kopf pflanzen!

'n anderes Hirn, Doktor?
Nein, hab keins mehr da.
Kein Kommentar.
AH-HA!
Die Antwort liegt hier in der CAFETERIA!
Ein Rest Hamburger?
Ist fast eine exakte Kopie seines ORIGINAL-Gehirns!
Und so ...
GESCHAFFT! Sein Körper nimmt den Hamburger an!
Er wacht auf!
Randy, jetzt hast du 'ne MATSCHBIRNE!
Is' das was NEUES?
ENDE

Während ich mich frage, ob Randy echt 'nen Burger als Hirn hat (wir sind uns doch einig, dass die Wahrscheinlichkeit groß ist, nicht?), kommt Mrs Albert reingerauscht.

»Hallo, Nick!«, trällert sie. »Was führt dich zu mir?«

DU SITZT AUF DEM POPO ...
... ALSO NEHME ICH AN, DASS KEIN KAKTUS INVOLVIERT WAR!
WARTE-ZONE!

Köstlich. Ist es nicht schön, wenn Erwachsene einen an Dinge erinnern, die man viel lieber vergessen würde? Mein Dad ist echt der MEISTER darin.

Weißt du noch, mit drei wolltest du ein ROSA Dreirad zu Weihnachten!
Timmy macht bald nicht mehr ins Bett. NICK hat auch aufgehört!

»Hab ’ne Deckenfliese auf den Kopf gekriegt«, grummle ich.

Mrs Alberts Augen weiten sich. »Schon WIEDER? Das Gleiche ist Mrs Godfrey letzte Woche passiert!«

»Ah-HA!«, sagt da eine vertraute Stimme.

WAR KLAR, DASS DU UND MRS GODFREY VIEL GEMEINSAM HABT!
HEH HEH!
FOOD

»Klappe, Jungs«, murmle ich. Keiner weiß besser als Francis und Teddy, dass ich würgen muss, wenn man mich mit Mrs Godfrey vergleicht.

»Hattest ja einen üblen Vormittag, Kumpel!«, kräht Teddy.

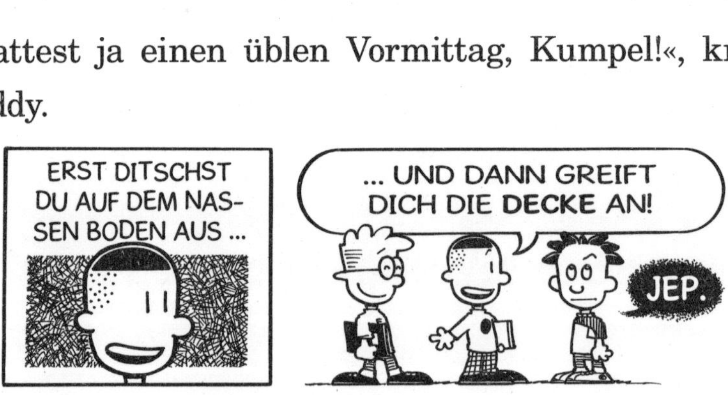
ERST DITSCHST DU AUF DEM NASSEN BODEN AUS ...
... UND DANN GREIFT DICH DIE DECKE AN!
JEP.

»Tss.« Mrs Albert seufzt, während sie die Beule an meiner Birne inspiziert. »Die Schule ist 'ne BRUCHBUDE!«

WAS DIE SCHULE BRAUCHT, IST EIN BISSCHEN LIEBEVOLLE ZUWENDUNG!

Wie witzig: Ausgerechnet die Frau mit den Vorschlaghammerhänden faselt was von liebevoller Zuwendung!

AU!
STILLHALTEN, KIND!

»Mrs Albert?«, fragt Francis. »Wenn die Schule so 'ne Bruchbude ist …«

»Warum repariert man sie nicht?«, beendet sie die Frage. »Würde man ja gern, glaub mir. Aber das kostet GELD. Wenn man den Laden aufpolieren würde, bliebe für die Bezahlung der Lehrer nichts mehr übrig!«

»Und was wäre der Nachteil?«, witzele ich. Teddy kichert.

»Der Nachteil wäre: Du kommst zu spät in die nächste Stunde, wenn du dich nicht sputest«, sagt Mrs Albert. Sie tätschelt mir die Schulter. »Dein Kopf ist okay, Nick.«

NAJA ... *GNIGGER!* DAS IST FRAGLICH!
HAHA HA!
LOS, JUNGS, KOMMT! WIR HABEN KUNST!

Auf dem Weg in den Kunstsaal zählen wir die Stellen, an denen die Decke bald runterkommt, weil die Fliesen locker sind. Bei der Bruchbude würde es mich aber auch nicht wundern, wenn irgendwann alles in Flammen aufgeht.

»Zu schade, dass die sich eine Reparatur nicht leisten können«, meint Francis.

... WO WIR DOCH **HUNDERTJÄHRIGES** FEIERN!
WAS? WIE? **HUNDERT?**
AUSSER BETRIEB

»Ja, die Schule wird hundert Jahre alt, Einstein«, sagt Francis. »Mrs Shipulski meinte, es wird eine Art Geburtstagsparty geben.«

»Eine Feier zur PENSIONIERUNG wäre besser«, sage ich.

... MAN SOLLTE DEN LADEN ABREISSEN!
NICK! ALLES IN ORDNUNG?

Dee Dee kommt angedüst. Keine Ahnung, ob sie besorgt oder aufgeregt ist. Vermutlich beides. Sie ist multi-emotional.

HAB VON DEINEM UNFALL GEHÖRT! DAS KLANG SCHRECKLICH! ERZÄHL, WAS PASSIERT IST! UND LASS JA KEIN EINZIGES DETAIL AUS!

»War alles halb so wild«, sage ich. Dee Dee wirkt enttäuscht. Sie braucht Drama wie andere Luft zum Atmen.

»Moment mal«, sage ich. »Das Ganze hatte tatsächlich EINEN bemerkenswerten Aspekt.«

DIE FLIESE HAT DEM NEUEN RANDYS KLOVORFÜHRUNG ERSPART!
HÄH?
WAS MEINST DU?

Ich erzähle, wie Randys Gang dabei war, Breckenridge zu umzingeln, um ihn ins Klo zu stecken, als die Fliese mich traf.

AH-HA! UND ALS EIN PAAR LEHRER AUFTAUCHTEN, HAT RANDY SICH VERKRÜMELT!
GENAU!
WAS FÜR EIN FEIGLING!

»Wenigstens ist Brokenridge davongekommen«, meint Francis. »Armer Kerl, dass er Randy gleich am ersten Tag begegnet.«

»Er heißt BRECKENridge«, sage ich. »Und ehe du MITLEID mit ihm hast …«

… SEI MAL SEIN »KUMPEL«!

Dee Dee wirkt überrascht. »Willst du damit sagen, du magst ihn nicht? Warum denn, Nick?«

»Tja«, antworte ich ein bisschen betreten. »Ich will ja nicht fies klingen oder so …«

»Das stört dich doch sonst auch nicht«, witzelt Teddy.

DER TYP IS' ÖDE!
UND 'N WEICHEI!
SEINE STIMME NERVT TOTAL!
ER NERVT!

»Wie kannst du das alles jetzt schon sagen?«, will Dee Dee wissen. »Hast ihn doch erst VOR ZWEI STUNDEN getroffen!«

»Ist nur … ist nur so ein GEFÜHL, sonst nichts. Kann ich nicht erklären. Würdest du eh nicht verstehen.«

Dee Dee grinst sarkastisch. »Natürlich nicht.«

WAS SOLLTE DIE VORSITZENDE DER THEATER-AG SCHON VON GEFÜHLEN WISSEN.

»Denk dir nichts«, sagt Teddy, während wir uns setzen. »Ist ja nicht DEINE Schuld, wenn Brackenrutsch nicht cool ist.«

»Breckenridge heißt er. Und ich erwarte ja auch nicht, dass er Mister Obercool ist. Ich wünschte nur, mein neuer ›Kumpel‹ wäre ein bisschen weniger …«

… NAJA … DÖDELIG!
HALLO, JUNGS!

Es ist Mr Rosa. Und er ist nicht allein.

»Nick … Teddy … Francis … kennt ihr schon unsren neuen Mitschüler, Breckenridge Puffington III.?«

Ich will schon antworten, da kommt Breckenridge mir zuvor.

»Ja, wir kennen uns!«, fiepst er und schiebt einen Stuhl an unseren Tisch ran. »Genau genommen …«

… IST NICK MEIN
BESTER FREUND!

KAPITEL 4

Moment, was geht denn jetzt ab? Hat Breckenridge mich – MICH – gerade als seinen BESTEN FREUND bezeichnet?

DU HAST MICH VOR RANDY GERETTET!
NA, DAS IST JA NETT!
KLOPF
KLOPF
KLOPF KLOPF

Toll. So geht es mir, wenn ich alles richtig machen will.

Jetzt denkt die kleine Klette also, dass wir seelenverwandt sind. Ich BRAUCHE aber keinen besten Freund. Ich hab schon zwei. Was soll ich also machen?

Hau ab!
SCHUBS!

Hmm. Verlockend, aber ich kann Breckenridge nicht so einfach wegschubsen. Das wäre gemein. Außerdem würde Direktor Nichols ausflippen. Es muss doch einen anderen Weg geben, wie ich mich da rauswinde ... ohne dass er was mitkriegt, wenn ihr versteht, was ich meine. Komm schon, Hirn. DENK NACH!

HEY ... ÄH ... »KUMPEL« ...
SPITZT DU DEN FÜR MICH AN?
KLAR, MEIN FREUND!

Ich beobachte, wie Breckenridge außer Hörweite watschelt. Dann stecken Francis, Teddy und ich die Köpfe zusammen.

»Habt ihr das gehört, Leute?«, flüstere ich.

»Ich hör im Moment gar nichts«, sagt Teddy.

KANNST DU BITTE LAUTER REDEN?
HEH HEH!

»Sei bitte mal eine Sekunde ERNST, du Holzkopf!«, zische ich. »Breckenridge hält mich für seinen BESTEN FREUND!«

Francis hebt eine Braue. »Na UND? BIST du doch auch!«

ER KENNT HIER JA SONST KEINEN!

»Klar, aber Nick kennt er auch nicht wirklich«, entgegnet Teddy. »Wie Dee Dee schon sagte: Sie haben sich erst vor ein paar Stunden getroffen.«

TJA ... WAS, WENN ICH IHN DOCH LÄNGER ALS EIN PAAR STUNDEN KENNE?
HÄH?
QUIETSCH
QUIETSCH
QUIETSCH
QUIETSCH

Ich erzähle den Jungs von diesem unguten Gefühl, dass ich Breckenridge schon mal begegnet bin.

Francis runzelt die Stirn. »Das ist seltsam.«

»Genau wie Breckenridge«, gniggert Teddy.

»Klar«, murmle ich. »Und ICH hab ihn am Hals.«

DANN WERDE IHN LOS!
SUCH IHM EIN PAAR NEUE FREUNDE!

»Hey! STIMMT!«, rufe ich. »Ich schleife ihn in der Mittagspause durchs Cafetorium!«

DAS HAST DU HÜBSCH GESAGT.
SICHER IST DA JEMAND, IN DESSEN HÄNDE ICH IHN GEBEN KANN.
WAS IST MIT DEINEN HÄNDEN?
JAPS!
ÄH ... TON! ICH SAGTE EBEN, WIE SCHWER ES IST, DEN TON VON DEN HÄNDEN ABZUWASCHEN!
OH.
DESHALB FREU ICH MICH AUFS ZEICHNEN HEUTE!

»Ich mich auch«, sagt er. »Ich zeichne total gern.«

Im Ernst? Wow. Alle mal herhören: Breckenridge Puffington III. und meine Wenigkeit haben vielleicht doch was GEMEINSAM!

Er nimmt einen Bleistift, beugt sich über ein Blatt Papier …

TÜDEL DÜDEL DÜDEL DÜÜÜ
DII … DUUU DIIDUMM
TII TUUU … TII TUUU
DI DU DELDI DUM …

… und fängt an zu SINGEN. Was für ein Oberdödel! Der Typ ist ja seltsamer als eine Hydra mit zwei Köpfen. Aber Moment, was ist das? Seht mal, was er da zeichnet!

»Äh … du weißt, dass das Motto heute ›freie Kunst‹ ist«, sage ich zu ihm. »Wir dürfen zeichnen, was wir wollen.«

»Ich weiß«, lautet seine Antwort. »Ich mag Blumen.«

Okay, meinetwegen. Ich hab nichts gegen Blumen. Aber ZEICHNEN tu ich sie nicht gern.

ACHTUNG!
SIE BETRETEN DIE
MOTIV-TODESZONE!
Zeug, das ich nicht gern male ...
und WARUM!
NATURGE-
TREUE HÄNDE
WARUM:
Zu schwer
FRAUENHAAR
WARUM:
Dauert ewig
BLUMEN
WARUM:
Sind eben Blumen!
TROLLE & FRÖSCHE
WARUM:
»Niedlich« nervt.

EISTÄNZERINNEN
WARUM:
Muss ich das echt erklären?
KARIKATUREN
Meine NASE ist zu groß geraten, IDIOT!
WARUM:
Viel zu gefährlich!

Breckenridge redet immer noch. »Natürlich mag ich nicht NUR Blumen. Ich liebe ALLES, was mit der Flora zu tun hat.«

FLORA? SO HEISST DOCH CHADS HAMSTER!
BÄUME, BÜSCHE, FARNE, ALGEN ... ICH LIEBE SIE! EINES TAGES WERDE ICH BOTANIKER!
WIE ... ÄH ... INTERESSANT.
TEDDY

Und wenn ich sage »interessant«, dann meine ich »so langweilig, dass ich am liebsten tot umfallen würde.« Die ganze nächste Stunde erzählt er mir was von seinen Lieblingsmoosen. Endlich klingelt es. Das war die schlimmste Stunde seit dem »Kartoffelzeichentag«.

ZEIT ZUM ESSEN! ODER KUMPEL?
KLAR! DU SAGST ES!

Okay, Zeit, meinen Plan in die Tat umzusetzen. Nur in der Mittagspause ist die ganze Schule in einem Raum versammelt. Wenn ich also neue Freunde für Breckenridge finden will …

… IST DAS **DIE** GELEGENHEIT!

Ich suche die Cafeteria ab. Hmm. Da wären schon ein paar passende Kandidaten. Sehen wir uns doch ein paar von ihnen mal genauer an.

NICK BLONSKY

Pro: *Er ist der totale Depp und ein Lügner und er hat kaum Freunde. Mit anderen Worten, Breckenridge ist so gut wie außer Konkurrenz.*
Kontra: *Siehe oben.*

RODERICK MATHIS

Pro: *Er ist voll beliebt und kann fast alles.*
Kontra: *Vermutlich denkt er sich nicht: »Wenn ich bloß einen künftigen Botaniker als Freund hätte!«*

CHESTER BUDRICK

Pro: *So groß wie ein Omnibus, er könnte Breckenridge gut vor Typen wie Randy schützen.*
Kontra: *Potenziell gewalttätiger Soziopath.*

Ich linse rüber zu Breckenridge …

POPEL
POPEL
POPEL

… und da schwant mir, dass das hier schwerer werden könnte, als ich dachte. Was für'n Idiot würde sich denn mit DEM abgeben?

Und dann … … auf einmal … … kommt es mir!

ARTUR!

»Hallo, Nick«, sagt Artur mit seinem liebenswerten (und trotzdem total nervigen) Akzent.

Warum ist mir das nicht schon FRÜHER eingefallen? Artur mag doch jeden und (fast) jeder mag ihn. Ich brauch ihm Breckenridge doch bloß vorzustellen und verdünnisiere mich dann.

ARTURDASISTBRECKEN-RIDGEKANNERMITDIR MITTAGESSENDANKE!
SCHUBS!
MUSS LOS!
ABER ...
BAMM!

Okay, nicht gut: Bin grad mit dem Gesicht voraus in Trainer Johns Fettarsch gelandet. Aber das GUTE ist …

WAS TUST DU DA?

War nur'n Witz. Gibt nichts Gutes.

Ich schlucke. »Ich … äh … wollte mich an der Essensausgabe anstellen.«

»Ach was!«, ruft Trainer John, und seine pseudofreundliche Stimme donnert durchs Cafetorium wie ein Kanonenschlag.

DU WARST SO SCHNELL, ICH DACHTE, DU MACHST SPORT!!

Mir rutscht das Herz in die Hose. Jetzt kommt's.

»Wenn du SPORT willst, dann sorge ich dafür, dass du bei mir im UNTERRICHT genug davon kriegst!«, poltert er.

UND JETZT SETZEN!

»Ja, Sir«, murmle ich und eile an den nächsten freien Tisch. Puh. Hätte schlimmer kommen können. Trainer John ist schon wegen weniger total ausgerastet.

DEIN SHIRT GEFÄLLT MIR NICHT!
ALSO RUNTER MIT DIR! ZWANZIG LIEGESTÜTZE, ABER DALLI!

Jedenfalls alles gar nicht so übel. Trainer Oberpsycho hat mich keinen Kopf kürzer gemacht …

… UND ICH BIN IHN LOS …
… BRECKENRIDGE
HI, KUMPEL!

»Ich dachte, du sitzt bei Artur«, sage ich und versuche mir meinen Ärger darüber, dass mein Entkommen von Mister Kumpel nur zwanzig Sekunden gedauert hat, nicht anmerken zu lassen.

Er nickt. »Ja, schon«, sagt er.

ABER DANN KAM **NOCH** WER DAZU!
JENNY!

Ätz. Das hätte ich ja wissen können. Jenny (die so gut wie MEINE Freundin war, ehe ARTUR daherkam) ist echt cool. Nur ihr Geschmack in Sachen Jungs ist ein klein wenig fragwürdig.

SCHEINEN GLÜCKLICH ZU SEIN!
OH JA. SIE SIND **ENTZÜCKEND!**
SUNNY 2

Stöhn. Über Jenny und Artur reden ist wie Leinenunterwäsche: Bringt einen nicht um, aber bequem ist was anderes. Höchste Zeit, das Thema zu wechseln.

»Breckenridge, ich will dich etwas fragen.«

HAST DU SCHON MAL HIER GEWOHNT?

Er nickt. »Meine Oma stammt von hier, als ich ganz klein war, hab ich ein paar Monate bei ihr verbracht.«

»A-HA!«, entfährt es mir, und ich haue auf den Tisch. »Ich wette, wir haben uns damals schon getroffen!«

Er schüttelt den Kopf. »Glaub ich nicht.«

ICH ERINNERE MICH NICHT AN DICH.

Was? Das ist nicht möglich. Wie kann man MICH denn vergessen? Ich bin doch die unvergesslichste Person, die es gibt.

»Magst du was von meinem Essen?«, bietet Breckenridge an.

ICH HAB GENUG!
ÖRK!
EIER-SALAT!

Wie eklig! Das ist das Zweitwiderlichste, was mir heute begegnet ist (das Schlimmste waren natürlich Artur und Jenny als siamesische Zwillinge).

»Nein, danke«, murmle ich, während ich aufstehe. »Ich muss jetzt los.«

ICH KOMME MIT DIR!
NÖ!
ICH MEINE ... ÄH ... ICH HAB 'NE **VERABREDUNG!** GENAU! DAS WAR'S!

Ehe er noch ein Wort sagen kann, sause ich raus auf den Flur. FREIHEIT! Nachdem Breckenridge mir den ganzen Tag hinterhergehechelt ist wie ein Bluthund, nur mit eingezogenem Schwanz, ist es schön, wieder allein zu sein.

MANCHMAL BRAUCHT EIN MANN EBEN SEINE RUHE!
AH, **NICK.** GUT, DASS ICH DIR BEGEGNE!
MÜLL

Oh-oh. Sag bloß, die Gebühren für meine überzogenen Bücher haben sich mittlerweile verdreifacht.

»Ich möchte dir eine junge Dame vorstellen, Nick«, sagt Mrs Hickson lächelnd.

IST GENAU DEIN TYP MÄDCHEN!
? ?

KAPITEL 5

»Ich hab ein paar Kopien von Edna Birkdales Tagebuch gemacht!«, sagt Hickey und reicht mir einen Packen Papier.

... DIE, VON DER ICH DIR HEUTE MORGEN ERZÄHLT HAB!

Wow, das soll erst heute Morgen gewesen sein? Fühlt sich an wie ein Monat. Und auf dem Planeten Breckenridge vergeht die Zeit nicht eben im Flug.

DIE ANDREN KIDS KRIEGEN DAS ERST NÄCHSTES MAL ZU SEHEN!
... ABER EIN **VÖGELCHEN** HAT MIR GEZWITSCHERT, DASS **DU** DAS GERN **GLEICH SIEHST!**

Hmm. Mrs Hickson spricht also mit Vögeln. Bibliothekarinnen sind schon echt … wie lautet das Wort noch mal?

»EXZENTRISCH«!

Und das bedeutet, dass bei ihnen ein paar Tassen im Schrank fehlen, wenn ihr versteht. Im Computerlabor gibt es ein paar bequeme Sessel. Wollen doch mal sehen, was so toll ist an dieser Edna Wiehießsiedochgleich.

FLOPP!
7. September

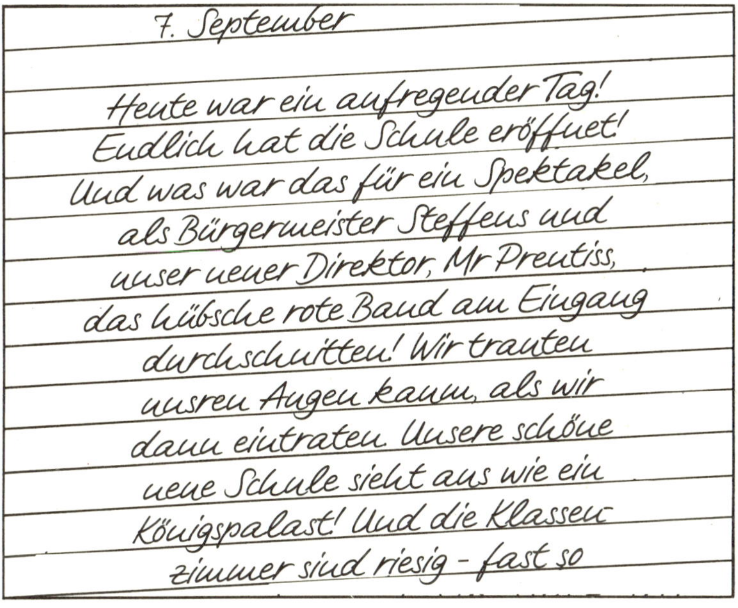

7. September

Heute war ein aufregender Tag!
Endlich hat die Schule eröffnet!
Und was war das für ein Spektakel,
als Bürgermeister Steffens und
unser neuer Direktor, Mr Prentiss,
das hübsche rote Band am Eingang
durchschnitten! Wir trauten
unsren Augen kaum, als wir
dann eintraten. Unsere schöne
neue Schule sieht aus wie ein
Königspalast! Und die Klassen-
zimmer sind riesig – fast so

DAS soll also mein Typ Mädchen sein? Tut mir leid, ich spür da nix. Erstens ist sie die totale Ordnungsfanatikerin – ich meine, seht euch bloß ihre Handschrift an! Und zweitens ist sie so langweilig wie ein Suppenlöffel. Die erste Seite ihres Tagebuches ist so was von …

... ÖDE.
FLIP!

Und dann blättere ich weiter auf Seite ZWEI!

in unser neues Klassenzimmer, wo schon unsre neue Lehrerin, Miss Ohrbach, auf uns wartete.
JUNGS UND MÄDELS, NEHMT PLATZ, BITTE.
WIE DENN NEHMEN?
OH! OH!
HII HAA!
DU BENGEL! DU!
AUA! MAMA!
HIER IST DEIN PLATZ!
IDIOT

Heiliger Strohsack! Ich GLAUB es ja nicht!

EDNA BIRKDALE WAR CARTOONISTIN!

Okay, ist nicht eben der lustigste Comic, den ich je gelesen hab. Doch wenn man bedenkt, dass der hundert Jahre alt ist, bin ich bereit, nicht so streng zu sein mit Edna und ein paar Lacher aus dem Sack zu lassen. Außerdem gefällt mir, wie sie zeichnet. Sie ist fast so gut wie ich.

Ich lese weiter. Hickey hat mir nur ein paar Seiten gegeben, aber es gibt viel zu gucken. Hier eine Zeichnung von Ednas beiden besten Freundinnen (Kann man bitte den, der damals für Namensmoden verantwortlich war, bestrafen?).

Gertrude ist schrecklich gewieft ...
... und Mildred ist gewieft schrecklich!
MÄDELS SIND SO KLUG WIE JUNGS!
KLÜGER, FIND ICH! HI! HIII!
HAU MICH!

Und hier noch eine Klassenkameradin, auf die sie nicht so scharf war (Erinnert dich das an jemand, Gina?).

Mary hält sich für den Liebling der Lehrer.
BITTE, SIR, MEHR HAUSAUFGABEN!
HIER EIN KUCHEN, DEN ICH NUR FÜR SIE GEBACKEN HAB!
OH, DU LIEBES KIND!

Es gibt sogar eine Zeichnung vom ersten Schlägertypen an unsrer Schule. Ob der wohl Betancourt mit Nachnamen hieß?

George ist ein brutaler Grobian!
HA! HA! GUTEN FLUG DIR!
HUCH!

Hickey hatte recht. Das ist COOL. Normalerweise bin ich ja kein Fan von Zeug aus »der guten alten Zeit« (weshalb ich Sozialkunde auch hasse), aber das hier ist anders. Es ist ein COMIC.

WENN EDNA BIRKDALE NOCH LEBEN WÜRDE, WÄRE SIE SICHER EINE VON DEN KRITZLERN!

Die Kritzler, das ist der inoffizielle Name des Comic-Klubs unsrer Schule. Der beste Klub, den es gibt im Universum. Jemanden wie Edna könnten wir gut gebrauchen. Schon eine Weile her, dass jemand Neues zu uns gestoßen ist.

SEUFZ! ... WO WIR GERADE VON NEUEN REDEN ...
AH, HIER BIST DU!
AUSSER BETRIEB

Ich verkneife mir ein Ächzen und verabschiede mich von meiner Zeit allein. Tschüss, war schön.

Breckenridge sieht mich misstrauisch an. »Du meintest, du hast eine VERABREDUNG!«

»Hab ich! Ich meine … HATTE ich!«

ICH … ÄH … HATTE EIN TREFFEN MIT DER **BIBLIOTHEKARIN!**

Hey, stimmt doch im Großen und Ganzen. Ich HAB Hickey auf dem Flur getroffen. Breckenridge muss ja nicht wissen, dass das ZUFALL war.

Jetzt beäugt er die Blätter in meiner Hand. »Was ist das?«, will er wissen.

»Das? Nur Hausaufgaben«, sage ich und stopfe mir das Papier in die Tasche.

HEY, WIR GEHEN JETZT BESSER!
HABEN SPORT!
COMPUTER-LABOR

Ich weiß, was ihr jetzt denkt: Warum erzählt der Breckenridge nicht einfach von Ednas Tagebuch? Na, weil er dann auch beim FBK mitmachen will, darum.

… und auf Seite 85 von »Blatt- und Blühpflanzen Nordamerikas« findet sich ein **FASZINIERENDER** Text zu Ziergräsern …
BITTE STOPPT IHN!
Dann will er bald bei **ALLEN** Klubs und AGs mitmachen, in denen ich bin …
KRITZLER
Nettes Walross!
Ist 'n Hund!
JAHRBUCH
KLICK!
PFADFINDER
Und JETZT singst du!
… und dann krieg ich ihn **NIE** mehr los!
Nick, du und Breckenridge steht euch so nahe, dass er in Zukunft bei uns **WOHNT**!
NEIN!

Vielleicht übertreib ich ja … aber kann ich was dafür? Ich war nur so nett, der Kumpel von diesem Typ zu sein …

... UND JETZT HAB ICH DEN **FÜR IMMER** AN DER BACKE!
ACHTUNG, BITTE! ... ACHTUNG!
ALLE LEHRER UND SCHÜLER VERLASSEN BITTE SOFORT DAS GEBÄUDE. BEGEBEN SIE SICH UNVERZÜGLICH ZUM NÄCHSTEN AUSGANG.

Breckenridge packt mich am Arm. »Was ist da los?«, wimmert er.

»Woher soll ich das wissen?«, knurre ich. Das klang jetzt wohl ein bisschen patzig. Aber falls es euch nicht aufgefallen ist, Willy Waschlappen hier nervt langsam.

»Was ist? Habt ihr alle zu viel SCHMALZ in den Ohren?«, blafft Trainer John.

RAUS HIER!

»Muss eine Feuerübung sein«, sagt Teddy beim Rausgehen.

»Aber ich hab keinen ALARM gehört«, meint Francis. »Muss also was anderes sein.«

Wie üblich hat er recht. Als wir draußen sind, macht Direktor Nichols eine Ankündigung.

KEIN GRUND ZUR BEUNRUHIGUNG!
NUR EIN KLEINES GASLECK IM SCHULGEBÄUDE!

»Das ist doch nichts Neues«, flüstert Teddy. »Ihr Name ist Mrs Godfrey.«

WISST IHR NOCH, ALS SIE BOHNEN ZU MITTAG HATTE?
HA!
EIN REPARATUR-TEAM BEHEBT DAS PROBLEM ...

»... in einer Stunde solltet ihr wieder in eure Klassenzimmer zurückkehren können!«

Mist. Ich hatte auf ein »Wir sehen uns morgen« gehofft.

»Bis dahin«, fährt Direktor Nichols fort ...

... GENIESST DIE SPONTANE PAUSE!
YAAAY!

Alle jagen auseinander. Die Lehrer setzen sich in den Schatten, um über das zu reden, worüber Lehrer so reden, wenn sie außer Dienst sind …

Will jemand Fotos von meinem Besuch im Nasenhaarmuseum sehen?
Irgendwer?
Hallo?
Wenn ich Schüler anbrülle, fühle ich mich immer so … **LEBENDIG!**
Erzähl weiter …
… Und als ich überall **SONST** versagt hatte, dachte ich: Ich werde **LEHRER!**
HEY! Ich **auch!**
Seufz … Ich werde wohl **NIEMALS** ein berühmter Künstler!
HÖREN SIE AUF ZU JAMMERN UND MACHEN SIE EIN PAAR SIT-UPS!

… während die Kids sich in die üblichen Pausengrüppchen aufsplitten.

TURTELTAUBEN
Ach, mein Knuddelkeks!
Und du, mein putziger Pfannkuchen!
GOSSIP GIRLS
Ihre neue Frisur ist ja ÜBEL!
Was hat sie sich nur GEDACHT!
TRANTÜTEN
War mein 396. Mal »Star Wars«!
Oooooh!
ANGEBER
Eintausendfünf …
Eintausendsechs …
LUSCHEN
Alles egal.
Zs
GINA
ICH geh lieber rüber zu den LEHRERN!

»Schätze, eine Bruchbude als Schule hat seine Vorteile!«, jubelt Francis. »Da platzt eine hundert Jahre alte Gasleitung ...«

... UND WIR KRIEGEN 'NE FREISTUNDE!
HÖRT MAL!
HEY!
BÄMM!

»Roderick hat einen Football dabei«, sagt Teddy. »Machen wir ein Spiel!«

GENAU! BILDEN WIR TEAMS, UND ...
ÄHEM!
FOOTBALL IST ZU BRUTAL!

Oh Mann. Wenn Breckenridge nicht so ein Waschlappen wäre, würden wir bestimmt was finden, wo wir ihn miteinbeziehen könnten. Aber er VERSUCHT ja noch nicht mal, sich anzupassen. Komm schon, mach endlich mit!

»Wir könnten doch eine entschärfte Variante spielen, ohne Umstoßen«, schlägt Francis netterweise vor.

»Ich mag keinen Sport«, schnieft Breckenridge.

DIESES GANZE HERUM-GERENNE! UND WOZU?
NA, ZUM SPASS!

UND DEN WIRST DU HABEN, WENN DU BEI UNS MITMACHST!

Ich fühle mich mies, weil ich Breckenridge einfach stehen lasse. Aber was erwartet er, dass ich ihm das Händchen halte? Wir wollen Football spielen und er nicht. Punkt.

HEY, RODERICK! WIR DREI GEGEN EUCH DREI!
GEHT KLAR!
FANG AN!
ZAHL!
KOPF!
EUER TEAM MACHT DEN ANSTOSS!

Während wir uns für das Spiel aufstellen, entdecke ich Jenny und Artur, die an der Seitenlinie stehen und zusehen. Nett von ihnen, dass sie sich auch mal 'ne Pause gönnen.

»Hey, Leute!«, rufe ich (und wenn ich sage ›Hey, Leute‹ meine ich in Wirklichkeit ›Hey, Jenny‹.). »SEHT mal!«

DEN BALL VERWANDLE ICH IN 'NEN TOUCHDOWN!
DAMIT SOLLTE ICH EINDRUCK SCHINDEN!
KNIRSCH!

Autsch. »Eindruck«, genau. Roderick rempelt mich derart heftig an, dass mir sogar die SOCKEN wehtun. Als ich endlich wieder Luft kriege, hat sich das andre Team den Ball geschnappt und gepunktet. Jetzt hoffe ich, dass Jenny NICHT guckt.

Francis beugt sich über mich. »Alles okay, Nick?«

»Ja, klar«, murmle ich und rapple mich wankend auf. »Was sind schon ein paar gebrochene Rippen?«

»Kannst du weiterspielen?«, will Teddy wissen.

Ich nicke. »Logo, alles bestens. Ich spiele.«

OH, SICHER **NICHT!**

KAPITEL 6

Es ist Direktor Nichols. Vermutlich hat er mitgekriegt, wie Roderick mich umgenietet hat, und jetzt will er sehen, ob ich noch atme. Erwachsene können echt Paranoia schieben.

KOMM SOFORT HER, NICK.

»Mir geht's gut«, protestiere ich, während ich ihm vom Spielfeld folge. Mit anderen Worten: Ein Besuch bei Mrs Albert am Tag genügt. Hey, das reicht für ein ganzes JAHR!

»Ich sag ja nicht, dass DU verletzt wurdest«, grummelt er.

ABER EIN ANDERER.

»Wen meinen Sie?«

Er sagt keinen Ton. Schätze, das wird jetzt ein Ratespiel. Und ich werd das ungute Gefühl nicht los, dass mir die Antwort nicht gefallen wird.

Ich versuche es noch mal. »Wer ist verletzt?«

EIN FREUND VON DIR!

Mir dreht es den Magen um, als ich Breckenridge allein am anderen Ende des Rasens sitzen sehe. Er wirkt einsamer als ein Stinktier mit Mundgeruch.

SEUFZ …

Direktor Nichols' Stimme klingt ruhig, aber fest (Ich HASSE das.). »Du warst einverstanden, der Kumpel dieses jungen Mannes zu sein, Nick«, fängt er an.

UND DANN LÄSST DU IHN STEHEN UND SPIELST FOOTBALL!
WIE, GLAUBST DU, FÜHLT ER SICH DABEI?
SCHLUCK!

»Wir hätten ihn doch mitspielen lassen, aber … äh … er wollte nicht!« Die Worte sind noch nicht mal ganz raus, da dämmert mir schon, wie lahm das klingt.

Direktor Nichols geht es ähnlich. Er holt tief Luft und sagt: »Nick, ich bin enttäuscht von dir.«

ENTTÄUSCHT. Das ist hart. Das fällt in die Kategorie …

WORTE, DIE MAN VON EINEM LEHRER NICHT HÖREN WILL!
Soll das etwa WITZIG sein?
Mir gefällt nicht dein BENEHMEN!
… und das »TÄGLICHE DOPPEL« …
Er hat MOTIVATIONSPROBLEME.
ELTERN-
ABEND

Meine Wangen fangen an zu glühen. Klar, ich hab's vermasselt. Aber Breckenridge auch, weil er so eine Spaßbremse ist. Nichts von alldem wäre passiert, wenn er ein bisschen weniger komisch wäre … nämlich …

… NORMAL.
NUN? WAS HAST DU ZU DEINER VERTEIDI-GUNG ZU SAGEN?

»Ähm … 'tschuldigung?«, murmle ich.

Direktor Nichols schüttelt den Kopf. »Sag das nicht MIR, sondern deinem KUMPEL.«

Meinem Kumpel. Meinem debil dreinschauenden, näselnden, Eiersalat essenden Kumpel. Fantastisch.

»Oh, und denk dran, Nick …«

BLEIBT ZUSAMMEN! WO **DU** HINGEHST, IST AUCH **ER**!
ICH **BEOBACHTE** DAS.

Na, das ging ja mal nach hinten los. Erst will ich den Kerl loswerden und jetzt komme ich auf Knien angerutscht. Peinlich. Vielleicht tu ich einfach so, als wäre nichts gewesen.

AH, **DA** BIST DU, BRECKENRIDGE!
HAB DICH SCHON **ÜBERALL** GESUCHT!

Wow. Klingt das geheuchelt. Schauspielern ist nicht wirklich meins. Letztes Jahr hab ich Snoopy in »Guter Mann, Charlie Brown« gespielt, und da bin ich von der Hundehütte runtergeplumpst.
Aber Breckenridge will nichts hören.

DU HAST MICH EIN-
FACH **SITZEN** LASSEN!

Okay, Zeit für Plan B:
Ehrlichkeit. Wenn nötig, kann ich total ehrlich sein.

»Hast schon recht«, sage ich. »Ich DACHTE, ich will Football spielen, aber das war kein Spaß.«

MAG LIEBER ..HÜSTEL!
MIT DIR ABHÄNGEN!

»Das sagst du doch bloß, weil du MUSST«, schnieft Breckenridge beleidigt.

Spaß beiseite. Der große Boss hat grad klar wie Kloßbrühe gemacht, dass ich diese Freundschaft – oder was immer es sein soll – retten muss. Und zwar pronto.

»Äh … hör zu, Breckenridge«, lenke ich ein. »Tut mir leid, dass ich so ein Idiot war.«

SIND WIR WIEDER KUMPEL?
TJA ...
OKAY, KUMPEL.

Ich verspüre Erleichterung. Sehen Sie, Direktor Nichols? Krise vorbei. Sie brauchen gar nicht mehr so zu glotzen.

»Die Freistunde ist noch nicht vorbei«, sage ich. »Was möchtest du gern tun?«

Breckenridge wird sofort munter.

TJA, EHE DU ANKAMST ...

... HAB ICH DIESEN AUSSERGEWÖHNLICHEN **STRAUCH** BEWUNDERT.

FASZINIEREND! DIE **BLÄTTER** ÄHNELN DEM DES *RHODODENDRON ATLANTICUM*, ABER MAN BEACHTE DIE **BLÜTEN**, DIE AUSSEHEN WIE DIE VOM SUBGENUS *HYMENANTHES!* KÖNNTE EIN **HYBRID** AUS ZWEI UNTERSCHIEDLICHEN UNTERARTEN SEIN, EINE IMMERGRÜNE UND EINE SOMMERGRÜN… NN WIR UNS DIE TEXTUR DER BLÄTTE… EN, F… T AUF ...

Ich verbringe also die nächste Dreiviertelstunde … mit Sträucherbeobachten. Jep, IST so spannend, wie es klingt.

Damit beginnt eine üble Woche. Breckenridge und ich sind unzertrennlich. Wir haben den gleichen Stundenplan.

RUTSCH
RUTSCH
RUTSCH

Wir essen zusammen zu Mittag. Er benutzt sogar meinen Spind mit. Nicht mal mit Leuten, die ich MAG, verbring ich so viel Zeit.

TÜDEL DÜDEL DÜDEL DÜÜÜ DII ... DUUU DIIDUMM DI DUMM DIDDELDI DUMM ...

Ich hab immer noch das komische Gefühl, dass ich ihn kenne ... aber mittlerweile bin ich zu fertig, als dass mich das jucken würde. Macht mich echt fertig, der Kumpel von Breckenridge Puffington III. zu sein.

Sogar Dad fällt das auf. »Du wirkst gestresst, Freundchen«, sagt er, als ich in den Schlafanzug schlüpfe. »Alles okay in der Schule?«

»Ja, passt«, sage ich, weil ich ihm keine Gelegenheit für eins seiner schmalzigen Vater-Sohn-Gespräche liefern will. »Bin nur irgendwie müde.«

NA, VIELLEICHT LÄSST DU DAS MIT DEN COMICS HEUT MAL.
KLAR ... OKAY.
ODER AUCH NICHT!
NICKS COMIX

Ich zeichne jeden Abend vor dem Schlafen Comics. Und keiner – weder Breckenridge noch Dad – hält mich davon ab. DIESE STORY MUSS GEHÖR FINDEN!

ULTRA-NICK
SUPER-SECHSTKLÄSSLER
diesmal in ...
N
BB
KUMPEL ... ODER DÖDEL?

Ein normaler Abend ...
kritzel kritzel kritzel kritzel
... bis etwas den Himmel erhellt!
Das NICK-SIGNAL!
Irgendwo wartet Arbeit auf ... ULTRA-NICK!
RRATSCH!
Kurz danach, bei der Polizei ...
Was gibt's, Chief Nichols?
Nix Gutes!
Die berüchtigte MATSCHBIRNE ist ausgebrochen!
GESUCHT
FÜRWAHR! Ruft meine Superhelden-Kollegen!

MEGA-CHAD! TITAN-TEDDY! CAPTAIN FRANTASTIC! LOS GEHT'S!
WARTET!
Es gibt da jemand NEUEN, der euch helfen kann!
Wer?
Man nennt mich ... KUMPELBOY!
OK, Kumpel ... schnappen wir MATSCHBIRNE!
Gut! Ich ruf ein Taxi!
Superhelden im TAXI? Wir FLIEGEN!

Kann nich' fliegen. Bin nich' schwin-delfrei!
Und so ...
Zwölf Mäuse für 5 Minuten Fahrt? Was für 'ne ABZOCKE!
Wo sind wir?
Dieses Lagerhaus ist Matschbirnes GEHEIMVERSTECK!
Schleichen wir uns rein. Ich nehm das Fenster, und du ...
Äh ... Kumpelboy? KUMPELBOY?
Bin hier!
Was für'n PRACHT-EXEMPLAR, diese *Rudbeckia fulgida!* Die bunten Blätter ...
HEY!

Wir suchen doch nach MATSCHBIRNE!
Hier BIN ich!
BZZT!!
Dann …
Damit kommst du nicht weit!
NICK-SICHERES GLAS
Mein Partner KUMPELBOY holt mich da raus!
Das glaub ich NICHT!
Er ist nämlich UMGEKIPPT!
HAH! Was 'ne TRÖTE!
Wie kommst du denn zu DEM als Partner?
Hab GLÜCK gehabt.

Genug geplaudert! Zeit, dass ich das Ding mit GIFT-GAS fülle!
ZISCH!
! !
Gute Nacht, SUPER-NERD! Gleich fällt der VORHANG!

»Vorhang, Nick.«

»Häh?«

ICH SAGTE, ICH SCHLIE-SSE DEN VORHANG!
SCHLAF JETZT! MOR-GEN IST SCHULE!
KLICK!

Ich lasse mein Heft zu Boden fallen und schließe die Augen. Dad hat wohl recht. Morgen ist wieder ein neuer Breckenridge-Tag. Ich brauch echt Ruhe.

»Er hat also immer noch keine anderen Freunde?«, fragt Francis am nächsten Morgen auf dem Weg zur Schule.

Nööp.
BRAUCHT KEIN' ANDREN FREUND!
NICK IST JA STÄNDIG BEI IHM!

»Klar, weil Direktor Nichols mich ZWINGT!«, grummle ich verstimmt.

Francis reibt sich das Kinn. »Breckenridge ist schon seltsam. Vielleicht braucht er bloß jemand, der ähnlich seltsam ist wie er.«

SO SELT-SAM IST KEINER!
HI, JUNGS!
PLONK!

Vielleicht fragt ihr euch, warum Dee Dee ein Clownskostüm trägt. Tja, ist schon mindestens eine Woche nicht mehr passiert. Da ist sie vermutlich hibbelig geworden.

DEE DEE INFO:
Sie verkleidet sich gern ...
HAPPY MURMELTIER-TAG!
... an jedem Feiertag!

»Hübsche Torte auf deinem Kopf«, sagt Teddy.

»Das sind meine Feierklamotten!«, erklärt Dee Dee. »Mrs Shipulski hat mich gebeten, allen von der großen Geburtstagsparty in der Schule zu erzählen ...«

... DA DACHTE ICH, ICH MACH SCHON MAL STIMMUNG!
WAS FÜR 'NE PARTY DENN?

Sie reicht jedem von uns ein knallgelbes Blatt. »Seht selbst!«

IST DAS NICHT
FANTASTISCH?
BIN
100!
P.S. 38
Siehst höchstens aus wie 98!
WIR PRÄSENTIEREN DIE
HUNDERT-
JAHRFEIER!
ESSEN!
SPASS!
SPIELE!
... UND 'NE MEGA SCHNITZEL-JAGD!
BILDET GLEICH EURE TEAMS!
38
DER LUCHS
FREUT EUCH AUF KOMMENDEN FREITAG!

Das hat eindeutig Dee Dee gezeichnet. Ihr Stil hat mir immer gut gefallen. Tatsächlich sind sie und Edna Birkdale wahrscheinlich meine zwei Lieblingscartoonisten.

NACH **MIR,** VERSTEHT SICH!
EINE SCHNITZEL-JAGD! COOL!
WIE VIELE LEUTE SIND IN EINEM TEAM?

»Mrs Shipulski meint, höchstens fünf«, antwortet Dee Dee.

»Das ist ja PERFEKT!«, sage ich.

DAS WÄREN WIR VIER PLUS CHAD!
OOH! YAY!
DAS IST DAS GLEICHE TEAM WIE BEIM **LAPPALIEN-SLAM!**

Teddys Gesicht überzieht ein breites Grinsen. »Genau, als Francis' Faktenwisser Ginas Genies schlugen!«

»Und bei der Schnitzeljagd schlagen wir sie wieder!«, jubele ich. »Ginas Team hat gegen uns fünf nicht die geringste CHANCE!«

Francis räuspert sich. »Ich befürchte nur, wir werden nicht fünf sein.«

SONDERN SECHS.

KAPITEL 7

ICH ... ÄH ... HAB WAS ZU TUN!
JA, ICH AUCH ... ÄH ... DA DRÜBEN!
WAS FÜRN ZUFALL! ICH AUCH!
HAPPY BIRTHDAY

Nennt es meinetwegen den Breckenridge-Effekt. Wann immer er auftaucht, verdünnisieren sich alle. VIELEN Dank auch, Leute!

SIEH MAL, WAS ICH AUF DEM WEG GEPFLÜCKT HABE! *CETRARIA ISLANDICA,* AUCH BEKANNT ALS **ISLANDMOOS!** WÄCHST NORMALERWEISE NICHT HIER BEI UNS!

»Das ist … äh … ist …« Jetzt helft mir doch. Wie sagt man noch zu »unglaublich uninteressant«?

»Das kann man essen«, fährt er fort. »Die meisten Leute wissen das nicht.« Klar, weil das den meisten Leuten TOTAL SCHNUPPE ist.

MAMPF MAMPF MAMPF MAMPF MAMPF MAMPF
WIFTU WAF?
NNNEE, DANKE. ICH … ÄH … HAB SCHON MOOS GEFRÜHSTÜCKT.

»Nimm dir«, sagt er, wobei ihm grüne Bröckchen aus dem Mund fliegen. Geht es nur mir so, oder sieht er aus wie ein Äffchen an der Salatbar?

»Warum war Dodo so komisch angezogen?«, will er wissen.

»Ihr Name ist DEE DEE, okay?«

... UND SIE VERTEILT **DIE** HIER.

Breckenridge überfliegt Dee Dees Flugblatt zur Hundertjahrfeier und rümpft die Nase. »Schnitzeljagd, wie bescheuert«, schnaubt er.

WAS IST SO TOLL DRAN, SICH AUF DIE JAGD NACH EINEM HAUFEN NUTZLOSEN **SCHROTT** ZU MACHEN?
MÜLL

Vergesst nicht, der Typ findet es toll, Baumrinden zu sammeln. Aber egal. Der Punkt ist der, wenn Breckenridge nicht bei der Schnitzeljagd mitmacht, macht es automatisch viel mehr SPASS!

WOBEI, ANDRERSEITS ...
ICH GLAUB, ICH KOMM IN DEIN TEAM. WEIL WIR JA **KUMPEL** SIND.

Toll. Jetzt hab ich also ZWEI Probleme. Erstens will ich ihn gar nicht in meinem Team haben und zweitens ist da eh kein PLATZ mehr frei. Aber darum kümmere ich mich später. Jetzt hab ich WICHTIGERES am Start:

EDNA BIRKDALE!
WO WILLST DU HIN? HÄ? WO?

Kurz überlege ich, ob ich ihn anlüge. Aber dann fällt mir mein schlechtes Gewissen letzte Woche wieder ein, als ich ihn wegen des Footballspiels stehen habe lassen. Ich stell mir sein Gesicht vor, wenn ich das wieder tue …

… UND da entdecke ich Direktor Nichols, der um die Ecke linst und mir nachspioniert. (Praktischer Tipp: Wenn man sich als Spion betätigt, sollte man NICHT aussehen wie ein Kleinlaster.)

SEUFZ … ICH GEH ZUM FBK, KUMPEL.
WAS'N FBK?
KLOPF KLOPF
FRÜHSTÜCKS-BUCH-KLUB. LOS, KOMM.

Das Treffen fängt gerade an, als wir in die Bibliothek kommen. Mrs Hickson ist dabei, Kopien von Ednas Tagebuch zu verteilen.

DIE HÄLFTE DER STUNDE LESEN WIR IN EDNAS TAGEBUCH UND DANN UNTERHALTEN WIR UNS ÜBER DAS, WAS WIR **GELERNT** HABEN.

Hickey wirft einen Blick auf uns. »Ach, sieh an! Nick, hast du einen neuen Leser zum FBK mitgebracht?«

»So ähnlich«, grummle ich. »Ich meine … ist wohl so.«

DAS IST BRECKENRIDGE.
PUFFINGTON.
III.

Ein paar Kids kichern sich ins Fäustchen. Über Breckenridges Namen lachen immer noch alle. Zum abermillionsten Mal wünsche ich mir, mein

Kumpel hätte einen NORMALEN Namen. Wie Spike Spikeson. Oder Manfred Manley.

ODER ... ⁂ÄHEM! ... ⁂... NICK WRIGHT!
WILLKOMMEN IM FBK, BRECKENRIDGE! SUCH DIR 'NEN PLATZ ...
... UND LIES DEN TEXT VON EDNA!

Wir fangen an. Ich überblättere die ersten paar Seiten – die hab ich ja schon von Hickey bekommen –, und starte weiter hinten. Suche nach weiteren Comics von Edna …

… und schon bald werde ich fündig!

Liegt LIEBE in der Luft für unsre Miss Olrbach??
OH JE, OH JEMINE! ICH WERDE 'NE ALTE JUNGFER!

ICH GEHE ZUR WAHRSAGERIN!
Madame OLGA
FINDE ICH JE DAS LIEBESGLÜCK?
FRAGEN WIR DIE GLASKUGEL!
DIE GEISTER SAGEN: SIE TREFFEN JEMAND!
LIEBE GÜTE!
DERJENIGE HAT **WEISSES** HAAR!
OH! ACH! EIN VORNEHMER ÄLTERER GENTLEMAN!
OH, ER **KÜSST** SIE!
HACH, DER ROMANTISCHE SCHLINGEL! HIHI!
rotwerd!
JA, EIN FALL VON »HALS ÜBER KOPF«!
BITTE! **WANN** WIRD ES SO WEIT SEIN?

DIE GEISTER SAGEN: **MORGEN!**
GÜTIGER HIMMEL! MUSS MICH WAPPNEN!
Am folgenden Tag, als Miss Ohrbach zur Schule kommt!
WO ER WOHL STECKT? HIHI!
Parfum
neuer Hut
P.S 38
HOLLA, LEHRERIN.
GUTEN MORGEN, GEORGE.
DU REITEST ZUR SCHULE! HA! HA!
JA, IST DER ESEL VON MEI'M GRAMPA, WEISSI.
OH! OH!
ER MAG IHR'N HUT!

UAH! HALT!
HIHI! HA! ER **MAG** SIE!
SCHLECK!
DERJENIGE HAT WEISSES HAAR!
ER KÜSST SIE!
OH! IST NICHT WAHR! NUR SIEHT ES SO AUS!
DIESER »JEMAND«, VON DEM DIE WAHRSAGERIN SPRACH, IST EIN **ALTER GAUL!**
!!!
HO! HO! WIE ROMANTISCH!
WAS FÜR EINE **SCHMACH!**

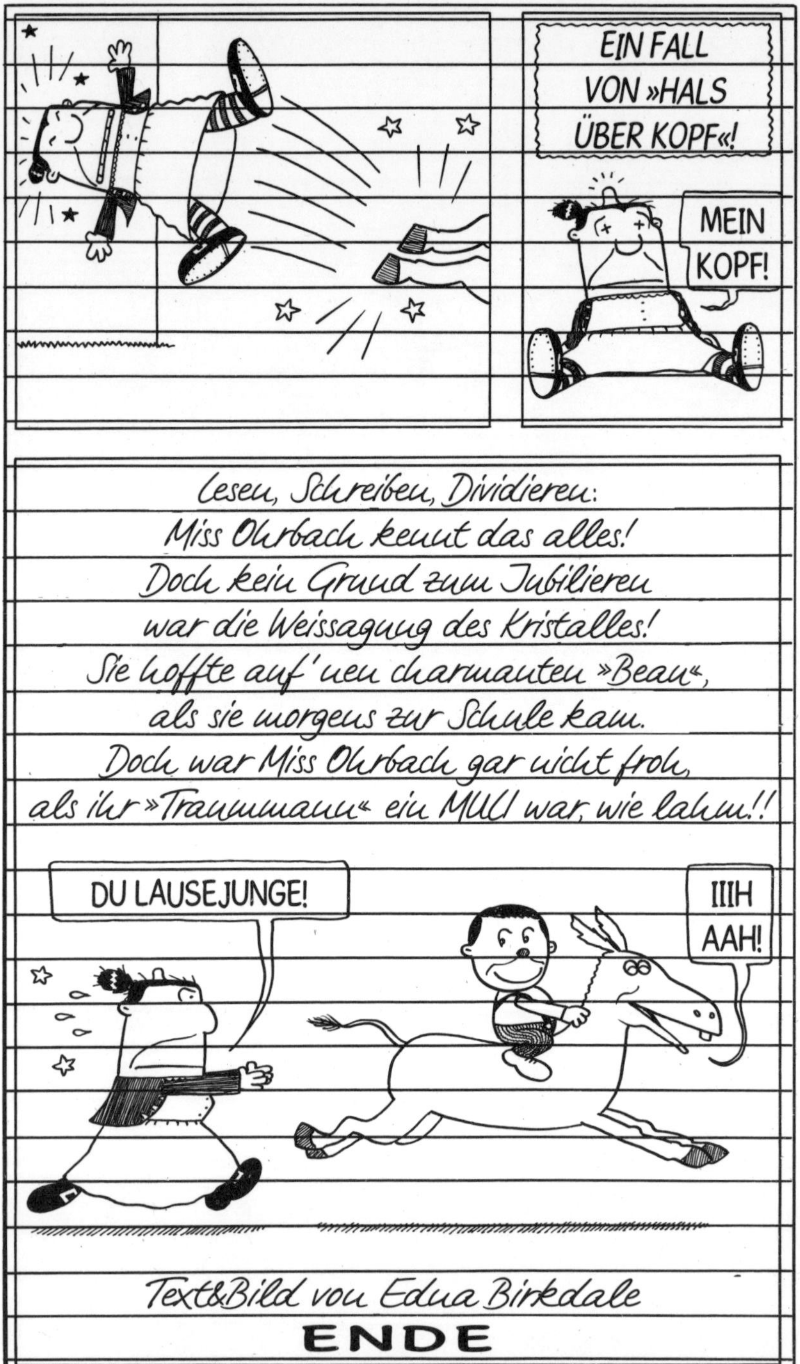
EIN FALL VON »HALS ÜBER KOPF«!
MEIN KOPF!
Lesen, Schreiben, Dividieren:
Miss Ohrbach kennt das alles!
Doch kein Grund zum Jubilieren
war die Weissagung des Kristalles!
Sie hoffte auf 'nen charmanten »Beau«,
als sie morgens zur Schule kam.
Doch war Miss Ohrbach gar nicht froh,
als ihr »Traummann« ein MULI war, wie lahm!!
DU LAUSEJUNGE!
IIIH AAH!
Text&Bild von Edna Birkdale
ENDE

»Wie WUNDERBAR!«, sagt Breckenridge leise.

»Ja, oder? Die sind cool«, flüstere ich zurück.

WAS FINDEST DU AM BESTEN?
BIS JETZT DAS KAPITEL ZU DEN *PTERIDOPHYTEN*!
ICH **LIEBE** FARNE!
»WILDE WELT DER PFLANZEN«

Diesmal vergesse ich zu flüstern. »Hey! Du sollst doch Edna Birkdales TAGEBUCH lesen!«

Hickey taucht neben mir auf. »Breckenridge war nicht an dem Tagebuch interessiert, Nick …«

… DAHER HAB ICH IHM EINE LEKTÜRE GEGEBEN, DIE EHER NACH SEINEM **GESCHMACK** IST!

Ja, klar, von diesem Geschmack hatte ich auch schon eine Kostprobe. Schmeckt voll nach Loser.

WELCHER NORMALE MENSCH FINDET DENN FARNE BESSER ALS COMICS?
OKAY, LEUTE! REDEN WIR ÜBER DEN TEXT!
PFLANZEN

»Na schön, wir wissen, dass Edna vor hundert Jahren auf dieser Schule war«, fängt Hickey an. »Doch was erfahren wir aus ihrem Tagebuch NOCH über sie und die damalige Zeit?«

OOH!
DUFF!

Die kleine Miss Megahirn hebt die Hand. Ach was, welch Überraschung.

»Es gab nur EINE Lehrerin für die gesamte sechste Stufe!«, sagt Gina. »Miss Ohrbach!«

Plötzlich trifft mich der Gedanke, Mrs Godfrey könnte unsere einzige Lehrerin sein. Und bei der Vorstellung könnte ich kotzen.

»Sehr gut, Gina!«, sagt Hickey. »Was noch?«

VOR HUNDERT JAHREN WAR DAS KEINE MITTELSCHULE. ES GAB 8 JAHRGANGSSTUFEN!
ES GAB EINEN EINGANG FÜR JUNGS UND EINEN FÜR MÄDCHEN!
STATT DES LUCHSES WAR EINE ENTE SCHULMASKOTTCHEN!
ES GAB KEINE FÄCHER WIE KUNST, MUSIK UND SPORT! UND KEINE THEATERGRUPPE!
HAPPY BIRTHDAY

»Klingt so, als hätte die Schule damals komplett anders ausgesehen«, bemerkt Francis. »Edna beschreibt Dinge, die es nicht mehr gibt.«

PARKETT AUF DEN FLUREN ...
SCHIEFERTAFELN IN ALLEN KLASSEN ...
WANDMALEREI IM TREPPEN-HAUS ...

Hä? Ist mir wohl entgangen, der Teil. »Was für eine Wandmalerei?«, frage ich.

Gina mischt sich ein. »Edna spricht an dieser Stelle davon«, sagt sie und liest aus dem Tagebuch vor.

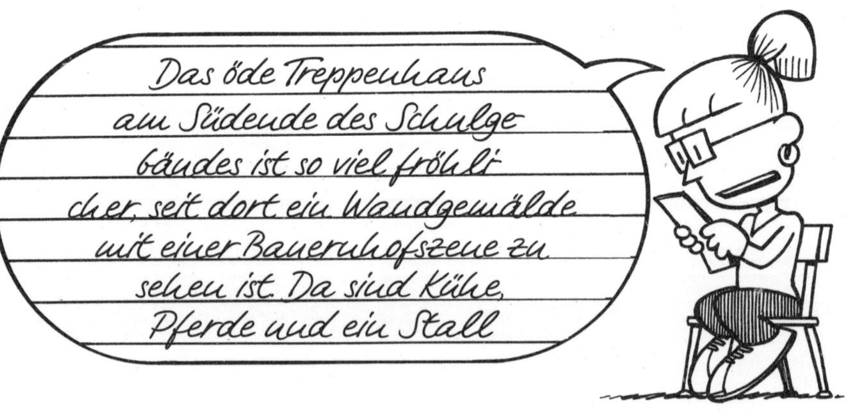
Das öde Treppenhaus
am Südende des Schulge
bändes ist so viel fröhli
cher, seit dort ein Wandgemälde
mit einer Bauernhofszene zu
sehen ist. Da sind Kühe,
Pferde und ein Stall

»Bin hier schon jede Treppe fünfzig Millionen Mal rauf und runter«, murmelt Teddy.

... NUR 'N WANDGEMÄLDE WAR DA KEINS!
WARTE, WELCHES TREPPENHAUS MEINT SIE?
LESEN

»Ich glaube nicht, dass das Treppenhaus, von dem Edna schreibt, noch EXISTIERT«, sagt Hickey. »Die Schule wurde häufiger umgebaut und erweitert.«

ICH BEFÜRCHTE, DAS WANDGEMÄLDE WURDE IM LAUFE DER JAHRE ZERSTÖRT.

Wie schade. Wenn ein Ort ein hübsches Gemälde brauchen könnte, dann die BRUCHBUDE hier. Ist ja nicht so, als würde nichts an der Wand hängen. Aber was da hängt, ist ÜBEL.

HEY, **KULTURFREUNDE!** P.S. 38 ZEIGT ... DIE **SAMMLUNG SCHLIMMER KUNST!**

»PORTRÄT VON SO 'NEM TYP«

Wir gehen jeden Tag an diesem Bild vorbei, aber keiner kennt den. Sieht nach schrulligem Biolehrer oder irrem Axtmörder aus.

»MR ROSAS SCHAUKASTEN«

Im Rampenlicht diese Woche: Mary Ellen Popowski. Ihr Stil, der »abstrakte Expressionismus«, bedeutet in echt »hab kein Plan, was ich tu«.

»STOLZE LUCHSE«

Trainer John hat in der Turnhalle 'nen Luchs gemalt, der aussieht wie eine Rennmaus mit Mumps.

»TOILETTEN-GRAFFITI«

Wenn man schon Schuleigentum beschädigen muss, dann bitte nur mit Talent!

»Bis zur nächsten Stunde sind es noch ein paar Minuten«, erklärt Hickey. »Fällt euch noch was auf an Ednas Tagebuch?«

»Sie war eine tolle Cartoonistin«, sage ich.

IHRE COMICS ERINNERN AN *HEITERER HOOLIGAN* UND *KATZENJAMMER-KIDS!*
WAS 'N DAS?
DAS WAREN DAMALS DIE BEIDEN BELIEBTESTEN ZEITUNGS-COMICS!
... NEBEN *KATER KNALLTÜTE* ...
... *POPEYE DER SEEMANN* ...
... UND *DER KLEINE NEMO!*

Mrs Hickson strahlt. »Und ich wette, Edna hat sie alle gelesen! Sag mal, Nick …«

WIE VIELE VON DEN COMICS WURDEN VON FRAUEN GEZEICHNET?

»Hm … kein einziger.«

»Genau!«, sagt Hickey und klatscht in die Hände. »Da seht ihr, was für eine außergewöhnliche junge Dame Edna war!«

SIE WAR CARTOONISTIN IN EINER ZEIT, ALS MÄDCHEN SO WAS IM ALLGEMEINEN NOCH NICHT MACHTEN!

Es klingelt zur zweiten Stunde. »Lest das Tagebuch bitte bis zum nächsten Mal zu Ende!«, ruft Hickey uns im Gehen nach. »Bis dann, Kinder!«

»Wow, Nick!«, staunt Chad, als wir die Bibliothek verlassen. »Du weißt ja viel über Comics!«

... DAFÜR HAT ER VON **SONST NIX** 'NE AHNUNG!

»Wie sinnlos«, spottet Gina. »Die ganze Zeit auf dämliche CARTOONS zu verschwenden!«

»Halt die Klappe, Gina«, knurre ich.

WARUM DENN? DER FBK IST ZUM **LESEN** DA ...
... NICHT FÜR HIRNLOSES GESCHWAFEL ÜBER **COMIC-STRIPS!**

»Seh ich das richtig: Sie MAG keine Comics?«, meint Teddy verdutzt.

»Sie sollte sich um ihren eigenen Kram kümmern«, schnaubt Dee Dee. »Wenn man sich für was begeistert, sollte einen keiner dafür kritisieren! Versteht ihr, was ich sagen will?«

»Äh … klar«, antworte ich.

ICH GLAUB,
DAS TU ICH.
DIE WILDE WELT DER
PFLANZEN

KAPITEL 8

Heiligr Bimbam. Ist ja wie in einem von diesen belämmerten Wunderflanke-Büchern, wo die Hauptfigur (also ich) eine WICHTIGE LEKTION lernt.

HERRJEMINE, Wunderflanke! Mir wird eben was KLAR!
WAS denn, Bürschchen?

Wenn GINA mich wegen der COMICS aufzieht ...
... ist das das Gleiche, wie wenn ich BRECKENRIDGE wegen seiner FARNE foppe ...
Huch, wie WAHR!
Sicher hab ich ihn VERLETZT!
Und das ist GAR nicht nett!
Breckenridge, tut mir LEID!
Ooch! Ist schon gut!
Bin froh mit dir als FREUND!
Freundesein is' COOL!
So reiten wir gen SONNENUNTERGANG!
ENDE

Oh ja, die Wunderflanke-Bücher sind ERNSTHAFT so schlimm. Und nein, Breckenridge und ich galoppieren demnächst garantiert NICHT in den Sonnenuntergang …

... NIEMALS.
EIN **UNGLAUBLICHES** BILD DER *DIONAEA MUSCIPULA* ODER **VENUSFLIEGEN-FALLE!** SIEH DIR NUR DIE BORSTEN AN DEN FANGBLÄTTERN AN UND DIE TIEFROTE FÄRBUNG!
DIE WILDE WELT DER PFLANZEN

Vielleicht sollte ich aber ein bisschen Nachsicht üben mit dem Typ. Er mag ja voll der Pflanzenchecker sein … aber ist das so schlimm? JEDER ist verrückt nach IRGENDWAS.

FRANCIS: KURIOSES
GOLDFISCHE erinnern sich nur an die letzten **3 SEKUNDEN!**
Unnützes Wissen
DEE DEE: THEATER
Ich singe nun die Arie aus der »West Side Story«!
In Mathe?

TEDDY: WITZE
Warum summen Bienen? Weil sie immer …
… den TEXT verges-sen! Gnihi!
CHAD: ESSEN
Schnüffel! Ist da etwa KNOBLAUCH im heutigen »Geheim-Gericht«?
ICH: COMICS
Seht meinen FIGURENFUNDUS!
ROAR!

Comics! Hey, da fällt mir ein:

HEUTE IST KRITZLER-TREFFEN!
OOOH! WIE SCHÖN!

Und dann geschieht ein Wunder: Breckenridge blickt von seinem Buch auf. »Wer sind die Kritzler?«, will er wissen.

Ich zögere. Die Frage ist im Grunde ganz einfach. Nur die Antwort sollte ich mir gut überlegen:

Ähhh ... die Kritzler gibt es gar nicht! Hab ich erfunden!
Is' 'ne Gruppe von totalen Langweilern, so was von UNINTERESSANT!
Geht dich NICHTS AN, Breckenridge! Also Klappe!
Hab nicht den blassesten Dunst, was du meinst!

Ich entscheide mich gegen die obigen Varianten. Jep, ich höre lieber auf meine innere Wunderflanke.

WIR SIND DIE KRITZLER, DER COMICKLUB DER SCHULE!
KOMM DOCH MIT ZU UNSEREM TREFFEN!

Breckenridge rümpft die Nase. »Ich mag Comics nicht so.« Warum wundert mich das nicht?

»Macht aber SPASS!«, flötet Chad. »Selbst wenn man nicht zeichnen kann!«

ICH **LIEBE** DIE KRITZLER, DABEI SIND MEINE CAR-TOONS **ÜBELST!**

»Was? Deine Zeichnungen sind der Hit!«, sagt Teddy.

ICH FAND DIESES WIT-ZIGE SCHWEIN LETZTE WOCHE ECHT **VOLL COOL!**
DAS WAR MEINE **GROSSMUTTER!**
OH.

»Jedenfalls«, sage ich zu Breckenridge, »treffen wir uns nach dem Unterricht im Kunstsaal.«

... UND MR ROSA BETREUT UNS!
IST DAS GUT?

»KLAR ist das gut!«, antworte ich auf dem Weg in die Klasse.

NICHT ALLE LEHRER SIND SO NETT WIE ER!
BRECKENRIDGE!
FORSCHER
MRS. GODFREY
PFLANZEN

Oh-oh. Wisst ihr noch, als ich meinte, der alte Drachen ist nur nett zu Breckenridge, weil er neu ist? Tja, ich befürchte, die Zeit des Honigschleckens ist vorbei!

Armer Kerl, gleich erlebt er einen echten Godfrey!

RATE MAL, WAS ICH HEUT MORGEN ENTDECKT HABE, JUNGER MANN ...
... AUF DEINEM PULT!
!
TIPP! TIPP! TIPP!

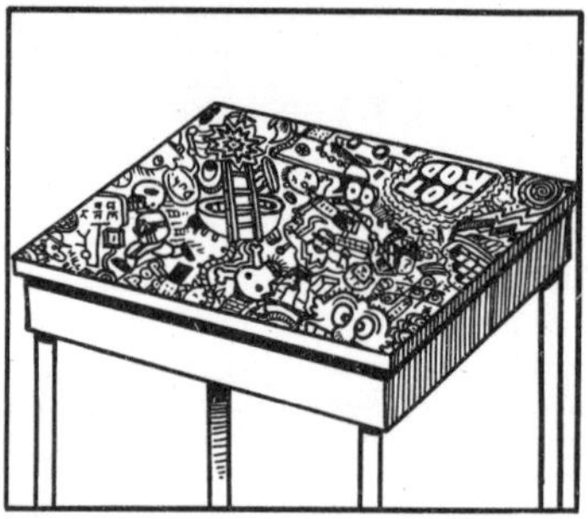
HOT ROD

Breckenridges Sitzplatz ist RESTLOS – also echt keine freie Stelle mehr! – mit Zeichnungen und Graffitis bekritzelt. Sieht aus wie *Montagsmaler* auf Speed.

»Ich bin enttäuscht, Breckenridge«, grummelt Mrs Godfrey mit gefletschten Zähnen. »Auf Schulmöbel zu schreiben oder zu malen ist ein ERNSTER Verstoß gegen die Klassenregeln!«

Breckenridge macht keinen Mucks. Vielleicht KANN er nicht. Wenn man Opfer von einer von Mrs Godfreys Wutattacken wird, dann verschlägt es einem als Erstes die Sprache.

»Wasch diesen Tisch sauber«, pflaumt sie ihn an. »Und zwar PICOBELLO!«

Ich räuspere mich. Vermutlich völlig irre, mich da einzumischen, aber …

ÄH ... MRS GODFREY?
WAS??
DAS MIT DEM TISCH WAR NICHT BRECKENRIDGE!

Ihre Augen verengen sich zu zwei wulstigen Schlitzen. »Und wie kommst du darauf, Nick?«

»Weil er bloß PFLANZEN malt«, erkläre ich. »In der Hinsicht ist er eigen.«

ÖH ... SEI NICH' BÖS.

Mrs Godfrey legt den Kopf schief wie ein Pitbull in Habacht-Stellung! »KOMISCH, dass du so viel über dieses GEKRITZEL weißt ...«

... UND ES SIEHT VERDÄCHTIG NACH **DEINEM** WERK AUS!
MOMENT, **WAS? ICH** HAB DAS NICHT GEMALT!

»Und wer DANN?«, blafft sie.

Macht die Witze? Jeder Schwachkopf sieht doch, dass das Randys Handschrift ist. Er war doch hinter Breckenridge her und fiel damit auf die Nase. Jetzt probiert dieser Riesenvolltrottel es eben mit einer anderen Taktik.

HEH HEH
HA HA
HEH

Aber ich kann nichts beweisen und das weiß Randy. Jetzt lacht er sich mit seiner Horde von Holzköpfen ins Fäustchen, während ich mich neben Breckenridge in den Klub der Sprachlosen einreihe.

»Dein Schweigen spricht BÄNDE, Nick«, faucht Mrs Godfrey, was ihre Art ist, mir zu sagen, dass der Fall damit erledigt wäre.

UND JETZT PUTZT **GEMEINSAM** DIESEN TISCH! DALLI!

»Das ist nicht fair!«, flüstert Breckenridge, während wir beide wie wild schrubben. (Hallo, Randy: Danke, dass du Permanentmarker benutzt hast, du Arschgesicht!)

»Was ist schon fair?«, zische ich zurück.

SIE KÜMMERT DOCH NUR DAS ENDERGEBNIS!
SCHRUBB SCHRUBB WISCH WISCH
ES STEHT EINS ZU NULL FÜR GODFREY!

Das Gute ist, Queen Kong lässt uns nicht nachsitzen. Wir können also trotz allem zum Kritzlertreffen gehen. Doch als es am Ende des Schultages gongt, ist Breckenridge nicht allzu scharf darauf.

WAS, WENN ICH'S HASSE?
DANN KOMMST DU EBEN NICHT NOCH MAL. VERSUCH'S EINFACH!

»Bin nicht gut im Zeichnen von Superhelden«, mault er, als wir den Kunstsaal betreten.

»Es geht doch nicht bloß um Superhelden«, versichere ich ihm. »Wir zeichnen ALLES MÖGLICHE!«

SIEHST DU? IST BESTIMMT WAS DABEI!
!
ICH SEH SCHON!

IST DAS NICHT TOLL? HAB ICH ERST HEUTE AUFGEHÄNGT!
WER HAT DAS GE-MALT?

»Ihr Name war Granny Peppers«, sagt Mr Rosa lächelnd. »Sie ist meine Lieblingskünstlerin.«

Wir treten alle näher, um uns das genauer anzusehen. »Ich bin ja nicht eben der Oberkunstkenner«, sagt Teddy.

»Aber das sieht aus, als hätte es ein KIND gemalt!«

»Granny Peppers war eine Volksmalerin«, erklärt Mr Rosa. »Sie hatte keine klassische Ausbildung.«

DAS MACHT IHREN **CHARME** AUS!

Breckenridge deutet auf das Poster. »Tja, mit Blumen kannte sie sich aus!«

MAN SEHE SICH DIE VIELFALT AN! ASTERN ... LUPINEN ... PRIMELN ...

»Die sind hübsch«, meint Dee Dee verzückt.

Ja, genau, hübsch LANGWEILIG. Mir reicht's mit der Botanik. Wie wär's, wenn wir uns hinhocken und ein paar hübsch coole Comics zeichnen?

»Warte mal«, sagt Francis. »Hab ich ihren Namen nicht schon mal auf einem Schild in der Stadt gesehen?«

ABER SICHER! DAS HAUS, IN DEM GRANNY PEPPERS LEBTE, STEHT UNTER DENKMALSCHUTZ!

»Wow!«, entfährt es Chad. »Sie ist also von hier UND sie ist berühmt?«

Mr Rosa nickt. »Ja, beides korrekt. Sie ist die größte Berühmtheit, die je in unserer Stadt gelebt hat!«

ZU LEBZEITEN ALLERDINGS KANNTE SIE KEINER! WAR NUR 'NE NETTE ÄLTERE DAME, DIE **HOBBYMÄSSIG** GEMALT HAT!
FLORENZ
HAPPY BIRTHDAY

»Was geschah dann?«, will Dee Dee wissen.

»Tja, nachdem sie vor etwa achtzig Jahren starb, gewannen ihre Gemälde zunehmend an Beliebtheit.«

»Wie beliebt?«, fragt Teddy.

EINES WURDE KÜRZLICH FÜR
2 MILLIONEN DOLLAR
VERKAUFT!

ZWEI MILLIONEN MÄUSE!!?? Jetzt hat es allen die Sprache verschlagen … bis Chad etwas sagt.

»Ich will auch Volksmaler werden«, fiept er.

Mr Rosa lächelt. »Tja, vielleicht eines Tages. Jetzt konzentrieren wir uns erst mal auf Comics.«

MALEN WIR DOCH
GEMEINSAM!
YAY! JEAH! JUU-HUU!

Das Treffen läuft spitzenmäßig. Breckenridge hat glaub ich sogar Spaß, auch wenn alles, was er malt, nach Seetang aussieht.

SEETANG IST ÜBRIGENS **KEIN** GRAS, SONDERN ES SIND MAKROSKOPISCHE, VIELZELLIGE **ALGEN** DES BENTHAL!
KAPIERT. DANKE.

»Ich denke immer noch an diese Malerin«, sagt Teddy, als wir die Rucksäcke schultern und uns auf den Heimweg machen.

UNVORSTELLBAR, EIN GEMÄLDE FÜR **ZWEI MILLIONEN ÖCKEN!**
KRASS!

Ich nicke. »Das wäre 'ne Menge Käseflips!«

»Warum sie sich wohl GRANNY Peppers nannte?«, fragt Chad.

WAHRSCHEINLICH WEIL SIE STEIN-ALT WAR!
... ODER IHR VOR-NAME WAR VOLL DOOF!
WIE MEINER.

»Ich MAG deinen Namen, Breckenridge!«, flötet Dee Dee. »Klingt so NOBEL!«

»Ist aber irgendwie ein Zungenbrecher«, sage ich. »Schon mal mit 'ner Abkürzung versucht? Breck oder Ridge oder B-Boy oder Breck-a-roni …«

... ODER BRECKSTER ODER PUFF DADDY O ...
WIR HA-BEN SCHON KAPIERT!
NEIN, HATTE NIE 'NEN SPITZNAMEN ...

»… aber als ich noch ganz klein war, hat meine Oma mich immer Bobby genannt.«

Keine Ahnung, ob danach noch wer was sagt … ich jedenfalls krieg nichts mehr mit. Mein Gehirn hat sich bei diesem letzten Wort festgefressen, das Breckenridge gesagt hat: »Bobby.«

Wisst ihr noch, dass ich schon dauernd das Gefühl hab, den Typen zu kennen? Tja, da ist es wieder, dieses Gefühl. Nur dass ich es jetzt nicht bloß GLAUBE. Ich bin mir SICHER!

EBEN FÄLLT MIR
ALLES WIEDER EIN!

KAPITEL 9

Die ganze Gang geht weiter – alle bis auf mich! Ich bin wie gelähmt. Meine Turnschuhe fühlen sich an wie Betonklötze an den Füßen.

NICK! KOMMST DU?

Ich mache keinen Piep.

ÄH ... NICK?
ERDE AN NICK!
STEHT DER UNTER SCHOCK?
SCHNIPP! SCHNIPP!

Verdammt richtig, ich stehe unter Schock. JEDEN würde es bei SO einer Erinnerung von den Socken pusten.

LOS, KOMM, KUMPEL! ICH WILL MIR IN DER NÄHE EIN PAAR FICHTEN ANSEHEN!
LASS MICH IN RUH!
UND NENN MICH NICHT KUMPEL!

IRTHDAY! HAPPY

Breckenridges Augen werden so groß wie Brummireifen. Teddys Mund klappt auf wie eine Falltür. Und Dee Dee – ob ihr es glaubt oder nicht – ist sprachlos.

Na schön. Sprachlos ist gut. Ich jedenfalls hab alles gesagt.

NICK! WAS IS' DENN **LOS?**
WARUM FRAGST DU NICHT DEN **»NEUEN«?**

Man beachte die Anführungsstriche bei »Neuen«!

WEIL BRECKENRIDGE IST
GAR NICHT SO NEU!

DRAMATISCHE RÜCKBLENDE!

Okay, ist alles sieben Jahre her.
Klingt nicht nach 'ner Ewigkeit,
sind aber zwei Drittel
von meinem Leben.

HOPS! HOPS! HOPS!

Das bin ich mit vier Jahren. Und sorry, wenn ich jetzt angeberisch klinge, aber war ich SÜSS oder was?

Aber egal, drei Tage die Woche – was würde ich DAFÜR jetzt geben – war ich in einem Kindergarten, der hieß »Bienenstock«. Ich erinnere mich nur noch verschwommen, aber einiges weiß ich noch ganz genau:

DAS HINBRINGEN AM MORGEN
Bye, Schatz! Mami kommt später wieder!
NICHT GEHEN!
TÄGLICHER MORGENKREIS
Ich liebe Ponys!
Amanda Kornblatt
Schon klar.
Mampf Mampf
LIEDERGARTEN MIT MISS NANCY
»Die Räder an dem Bus drehn sich rundherum ...
Z
fieser Körper geruch

Mir gefiel es im Bienenstock, und ich kam gut mit den ganzen anderen Kindern aus. Doch dann …

KINDER, DAS IST BOBBY! HEUTE IST SEIN ERSTER TAG! BITTE SAGT HALLO!
Aa Bb Cc Dd

Einsatz »dramatische Musik« – gleich wird es fies. Bobby war RIESIG. Als wir uns alle anstellten, um ihm die Hand zu schütteln, kugelte er mir fast den Arm aus. Um ehrlich zu sein, er machte mir Angst.

H-H-H-H-H-HI.

Der erste Tag war noch okay. Bobby verhielt sich wie alle anderen. Vielleicht bestand ja gar kein Grund zur Besorgnis.

Dann gingen wir in der Pause nach draußen.

HEY! GIB MIR DEN LASTER!
IST ABER MEINER!
NEIN! IST VOM KINDERGARTEN!
NEIN! DER IST VON DAHEIM!
ICH WILL IHN!
HEY!
DU SPIELST MIT DER PUPPE!
SCHUBS!

Jep, schon damals war kein Erwachsener da, wenn man einen gebraucht hätte. Schätze, die Erzieherinnen mussten ein Auge auf viel zu viele Kinder haben, da sind Bobby und ich einfach »durchgerutscht«. Für Bobby war das ja bestens. Aber für mich? Fehlanzeige.

Von dem Tag an wurde ich zu Bobbys Prügelknaben. Er schlug mich zwar nicht wirklich, aber dafür ÄRGERTE er mich andauernd!

Er kippte mir Dreck in die Hose oder pinkelte in meinen Trinkbecher oder schlich sich von hinten an und brüllte mir ins Ohr. So witzige Sachen halt.

Und die haben ihn NIE ERWISCHT! Ich betete schon dauernd um Regen, damit wir in der Pause nicht raus mussten.

Drei Monate lang führte Bobby sich wie 'ne Riesenkröte im Planschbecken des Lebens auf.

Und dann hatte der Albtraum plötzlich ein Ende.

BOBBY WAR NUR DEN SOMMER ÜBER HIER, NICK! ER IST JETZT WIEDER ZU HAUSE!
! ! !

Kein Bobby mehr.
Ich hatte wieder ein LEBEN.

YAY!
ENDE DER RÜCKBLENDE!

Kapiert ihr jetzt?

BOBBY WAR BRECKENRIDGE!

Jep. Ist der gleiche Typ. Hab ’ne Weile gebraucht, um das zu checken. Ich meine, damals war er so völlig ANDERS. Erstens war er ein Riese. Und zweitens hatte er keine Brille. Außerdem hat er sich nicht die ganze Zeit mit Pflanzen beschäftigt …

… WEIL ER LIEBER MICH GEÄRGERT HAT!
HI, NICK! UND, WIE WAR’S?
KING

»Toll. Echt super«, fauche ich, während ich hoch in mein Zimmer stapfe. »Spaßiger als ein Betontrampolin.«

Ach, klang das jetzt verbittert? Tja, ich häng mich die ganze Woche voll rein und bin Breckenridges Freund und dann ist er derselbe Knilch, der früher seinen Spaß damit hatte, mich in den Schwitzkasten zu nehmen. Klar bin ich verbittert.

NICKS COMIX!
NICK
KUMPEL SIND WOHL NICHT IMMER DAS, WAS SIE SCHEINEN!
RECO

Die Abenteuer von ...
ULTRA-NICK!
(FORTSETZUNG!)
Das letzte Mal war unser Held in LEBENSGEFAHR!
MUA HA HA HAAA!
ZISCH!

Genieße deine letzten ATEMZÜGE, Loser!
Das GIFTGAS wird schon bald WIRKEN!
Keuch!
Wie HERZLOS, MATSCHBIRNE!
Nein, bin ich NICHT!
Deinen kleinen HELFER lass ich LEBEN! Ist das nicht NETT?
Vielleicht wird er rechtzeitig WACH und RETTET dich! MUAHAHA!
SCHLUCK!
KUMPELBOY! KUMPELBOY! WACH AUF!

Oh, bin WACH!
WUSCH!
KB
Bin aber NICHT Kumpel-boy!
Wie?
Hab nur so GETAN, als wär ich dein Superhel-den-Partner!
In ECHT bin ich ...
RITSCH!
RATSCH!
... dein Erzfeind, Bully-Boy!
B
Hust! WUSSTE ich's doch, dass ich dich KENNE!

Hattest **RECHT**, Super-Depp! Kommst bloß **FRÜH** drauf, du Held!
Schnauf!
Alles … wird … dunkel …

Es klopft an der Tür, und Dad steckt den Kopf rein. »Nick? Besuch für dich!«

»Äh … okay«, grummle ich. »Schick ihn rein.«

NICKS BUDE
ELLEN-VERBOT!
NICHT »IHN«! SIE!
SPANG HO!
OH. HEY, DEE DEE.

»Ich wäre ja früher gekommen, aber ich musste erst mal aus meinem Clownskostüm raus«, sagt sie.

ALSO ... RAUS DAMIT, WAS GEHT AB ZWISCHEN DIR UND
BRECKENRIDGE!

Ich hätte es wissen müssen. Dee Dee hat sich noch nie rausgehalten, wenn es ein Problem gab.

»Will nicht drüber reden«, murmle ich.

»Das ist doch lächerlich«, erklärt sie trocken.

RUNTERSCHLUCKEN MACHT ES BLOSS SCHLIMMER! ALSO RÜCK RAUS!

TJA ...

Schätze, ich MUSS drüber reden. Ehe ich es verhindern kann, erzähle ich Dee Dee auch schon die ganze Geschichte von Breckenridges geheimem Leben als Bobby, dem Schrecken des Bienenstocks.

WOW! WAS'N DRAMA!
WAR KLAR, DASS DIR DAS GEFÄLLT!
ABER WARUM BIST DU SO NERVÖS WEGEN BRECKENRIDGE?

»Hörst du mir nicht ZU?«, brülle ich beinahe. »Er war ein ARSCH! Hat mich TERRORISIERT!«

Dee Dee nickt. »Klar. Als er vier war.«

WAS HAT DAS DAMIT ZU TUN?

Sie erwidert nichts. Stattdessen fragt sie: »Kennst du Francis nicht auch aus dem Kindergarten?«

»Äh … ja«, sage ich. »Warum?«

»Und hast du ihn nicht mit der Brotzeitbox verkloppt, ihm seine Brille stibitzt … solche Sachen?«

Meine Wangen werden knallrot. »Das war doch nichts. War doch bloß … weißt schon … so zum SPASS!«

ES WÄR ALSO NICHT FAIR, WENN FRANCIS SAUER WÄR WEGEN DIESEN DINGEN DAMALS!
JA! RICHTIG, GANZ GENAU!
SPANG HO!

»Und warum bestrafst du dann BRECKENRIDGE wegen seines Verhaltens DIR gegenüber damals?«, fragt Dee Dee.

Die Frage schwebt lange in der Luft – echt so RICHTIG lange. Allmählich kommen wir gefährlich nah an das »peinliche Stille«-Territorium heran. Will es sonst wer versuchen? Mir fällt nämlich nichts ein.

NICK, BOBBY MAG JA EIN BULLY GEWESEN SEIN, ABER NICHT BRECKENRIDGE!
ICH WETTE, ER ERINNERT SICH NOCH NICHT MAL MEHR AN ALL DAS!

Ich kann nur müde mit der Schulter zucken. »Keine Ahnung, was er noch weiß. Ich hab ihn ja schon mal gefragt …«

»Dann tu es NOCH mal!«, sagt Dee Dee.

»Äh … klar. Vielleicht morgen.«

Sie strahlt. »Warum denn auf morgen warten?«

DU KANNST DOCH **GLEICH** MIT IHM REDEN!
BERGERON

KAPITEL 10

Breckenridge schiebt sich in mein Zimmer wie so ’n komischer Kriechpilz. Ich werfe ihm einen vernichtenden Blick zu. »Spionierst du mir jetzt NACH?«, pflaume ich ihn an.

ER SPIONIERT NICH!
DACHTE NUR, ER SOLLTE WISSEN, WARUM DU SO SAUER BIST AUF IHN!

»Nick!«, stammelt Breckenridge. »Wenn ich damals fies war zu dir … tja, das tut mir leid. Aber ich ERINNERE mich kaum an damals!«

UND ICH ERINNERE MICH KEIN BISSCHEN AN DICH!

Ja, loooogo. »Wie kann man denn so was vergessen?«, schnaube ich.

»Äh … DIR ist es doch AUCH erst vor ’ner Stunde wieder eingefallen«, erinnert mich Dee Dee.

Autsch. Da hat sie nicht unrecht. Ich hasse das.

»Wenn du mich nicht magst, Nick, ist das deine Sache«, sagt Breckenridge leise.

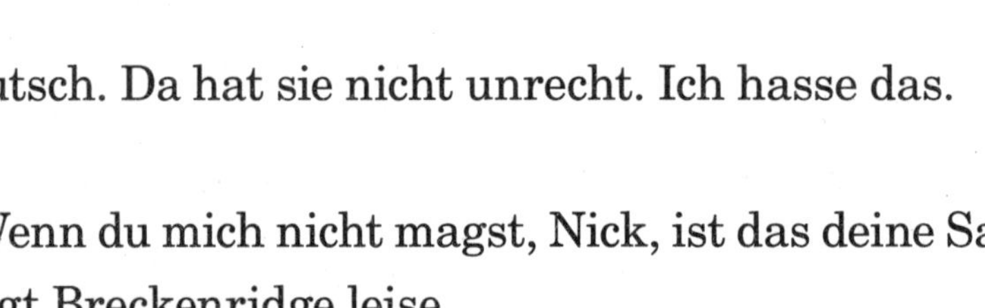
ABER HASSE MICH BITTE NICHT WEGEN DAMALS, ALS WIR NOCH BABYS WAREN!

Sieht aus, als würde er gleich losflennen. Supi. Jetzt hab ich ein schlechtes Gewissen. »Ich … ich hasse dich nicht«, versuch ich zu erklären. »Haben bloß kaum was gemeinsam!«

ICH ... ÄH ... STEH NICHT SO AUF PFLANZEN.
NAJA ÄHEM! UND ICH MACH MIR NICHTS AUS COMICS.

Dee Dee geht dazwischen. »Man MUSS nicht die gleichen Sachen mögen, um sich zu verstehen! Schau dir doch dich und MICH an, Nick!«

ICH MAG KATZEN, EISLAUF, EIERSALAT!
... UND DU HASST ALL DAS!

Wer aufgepasst hat, weiß, dass Dee Dee schon das zweite Mal recht hat. Sie geht mir langsam auf die Nerven – und das bestätigt ihre Worte, oder? Denn auch wenn sie mich auf die Palme bringt, bin ich Fan von ihr.

Ich glaub, sie erhofft sich eine kitschige Versöhnung inklusive Umarmung von mir und Breckenridge. Äh, sorry. Läuft nicht. Stattdessen halte ich ihm die Hand hin.

SCHÄTZE …
TJA, WIR KÖNNTEN JA WIEDER KUMPEL SEIN.

»Wir müssen keine Kumpel sein«, sagt er. »Warum sind wir nicht einfach Freunde?«

»Okay«, erwidere ich. Ich versuche, ganz cool zu klingen, aber insgeheim schlage ich vor Freude Purzelbäume. Als Breckenridges Kumpel hatte ich es schwer, aber Freunde sein, das kriege ich hin. Ich kann mit JEDEM befreundet sein …

… AUSSER GINA.
… UND RANDY.
… UND …
MUSS JETZT LOS. WIR SEHEN UNS MORGEN IN DER SCHULE!

Dee Dee und ich beobachten Breckenridge vom Fenster aus. Er geht in Richtung Straße, bleibt aber bei jedem Grashalm stehen, um ihn sich anzusehen.

KANN NICHT GLAUBEN, DASS **DAS** DER TYP IST DER MEINEN KOPF FRÜHER ALS **PUNCHING-BALL** BENUTZT HAT!

»Sei doch froh, dass er aus der Phase raus ist«, meint Dee Dee. »An unsrer Schule sind schon genug Schläger.«

»Wie Randy«, knurre ich. »Was für 'ne Dumpfbacke.«

»GINA hält ihn offenbar nicht für so 'ne Dumpfbacke«, verrät Dee Dee mir. »Er ist bei der Schnitzeljagd in ihrem Team.«

DIE SCHNITZEL-JAGD! STIMMT!
MUSS FRAGEN, OB BRECKENRIDGE MIT IN **UNSER** TEAM DARF!

»Sollte kein Problem sein«, erklärt Dee Dee. »Direktor Nichols will doch, dass er und du Kumpel seid, oder? Dann sagt er doch bestimmt Ja!«

Sie hat (schon wieder) recht. Als ich am nächsten Tag vor dem großen Boss stehe, ist er der Oberstrahlemann.

NATÜRLICH DARF BRECKENRIDGE IN DEIN TEAM! WIR ERHÖHEN EINFACH DIE TEILNEHMERZAHL VON FÜNF AUF SECHS!
VIEL GLÜCK! WAIDMANNSHEIL!

AJA, APROPOS JAGD ...
WARUM JAGST DU NICH' NACH 'NEM HIRN!
DEINS IS' NÄMLICH KAPUTT!
AUSSER BETRIEB

»Oh, glaub ich nicht, Gina«, sage ich. »Mein Hirn schien ganz gut zu funktionieren …

... BEI UNSREM ... ÄHEM! ... LAPPALIEN-SLAM!

Das Lächeln fließt von ihrem Gesicht wie Suppe von der Gabel. JETZT hab ich sie.

»Ihr hattet Glück«, zischt sie.

Ich nicke. »Und WIE …«

... WEIL ICH NICHT IN DEINEM TEAM WAR! GEWINNE LIEBER!

»Dann mach dich auf eine Enttäuschung gefasst«, grummelt Gina mit zusammengebissenen Zähnen.

BEI DER SCHNITZEL-JAGD TRETEN WIR EUCH IN DEN HINTERN!

Wie auch immer. Ginas Geschwätz von meinem Hintern hör ich mir nicht länger an. Ich will bloß, dass der große Tag endlich kommt.

Und eine Woche später ist es dann so weit.

FREITAGFRÜH
WIR MÜS-SEN GINA SCHLAGEN!
JA, SAG-TEST DU SCHON!
... ZIRKA FÜNFZIG MAL!
JUNGS! WAR-TET!

SORRY, SPÄT DRAN!
HAB 'NE WEILE GEBRAUCHT, UM MICH ANZUZIEHEN!

»Wofür denn?«, fragt Teddy, der Dee Dees Outfit beäugt. »Die ›Unsere kleine Farm‹-Convention?«

»Ich bin angezogen wie die Mädchen vor hundert Jahren, Doofie«, sagt sie.

... ZU EHREN UNSRER SCHULE!
WOW! SIEHT HEISS AUS!
HACH, DANKE DIR, CHAD!
NEE, ICH MEIN VOLL WARM! DU TRÄGST LANGE UNTERHOSEN!

»Ich glaub, die nennt man ›Liebestöter‹, Chad«, kichert Francis.

»Sind echt ein bisschen warm«, gibt Dee Dee zu.

»Versuch's doch mal OHNE Unterwäsche!«, schlägt Chad vor.

IST SCHÖN LUFTIG!
HALT DIE KLAPPE, CHAD.
GEHEN WIR, JUNGS! LOS GEHT'S!
P.S. 38 100 JAHRE ALT!

Nacheinander gehen wir ins Cafetorium, unter einem Banner mit der Aufschrift »HAPPY BIRTHDAY, P.S. 38!« hindurch. Drinnen tobt die Party. Da sind Luftballons, Girlanden, Tröten, das volle Programm. Sieht irgendwie …

… TRAURIG AUS.
WAS DENN?
P.S. 38 100 JAHRE ALT!

DIESE **DEKORATION!** MAN KANN **NOCH** SO VIELE BALLONS UND POSTER AUFHÄNGEN …

»… das verschleiert auch nicht, dass die Schule die totale BRUCHBUDE ist!«

»Gibt ’nen Spruch dafür«, sagt Francis. »Das nennt man ›Perlen vor die Säue‹.«

WAS HAT'N MRS GODFREY DAMIT ZU TUN?
KICHER!
HERHÖREN, WICHTE!

Nette Kombi: Trainer John und ein Megaphon. Weil seine Stimme so ja nicht schon laut genug ist.

»ALLE TEILNEHMENDEN TEAMS DER SCHNITZELJAGD MELDEN SICH SCHLEUNIGST BEI DER BÜHNE!«, blafft er.

Wir huschen schnell los, zusammen mit dem Großteil der Sechstklässler. Während wir uns um Direktor Nichols versammeln, checke ich die Konkurrenz ab. Wie ich das sehe, sind da fünf Teams, die eine Chance haben:

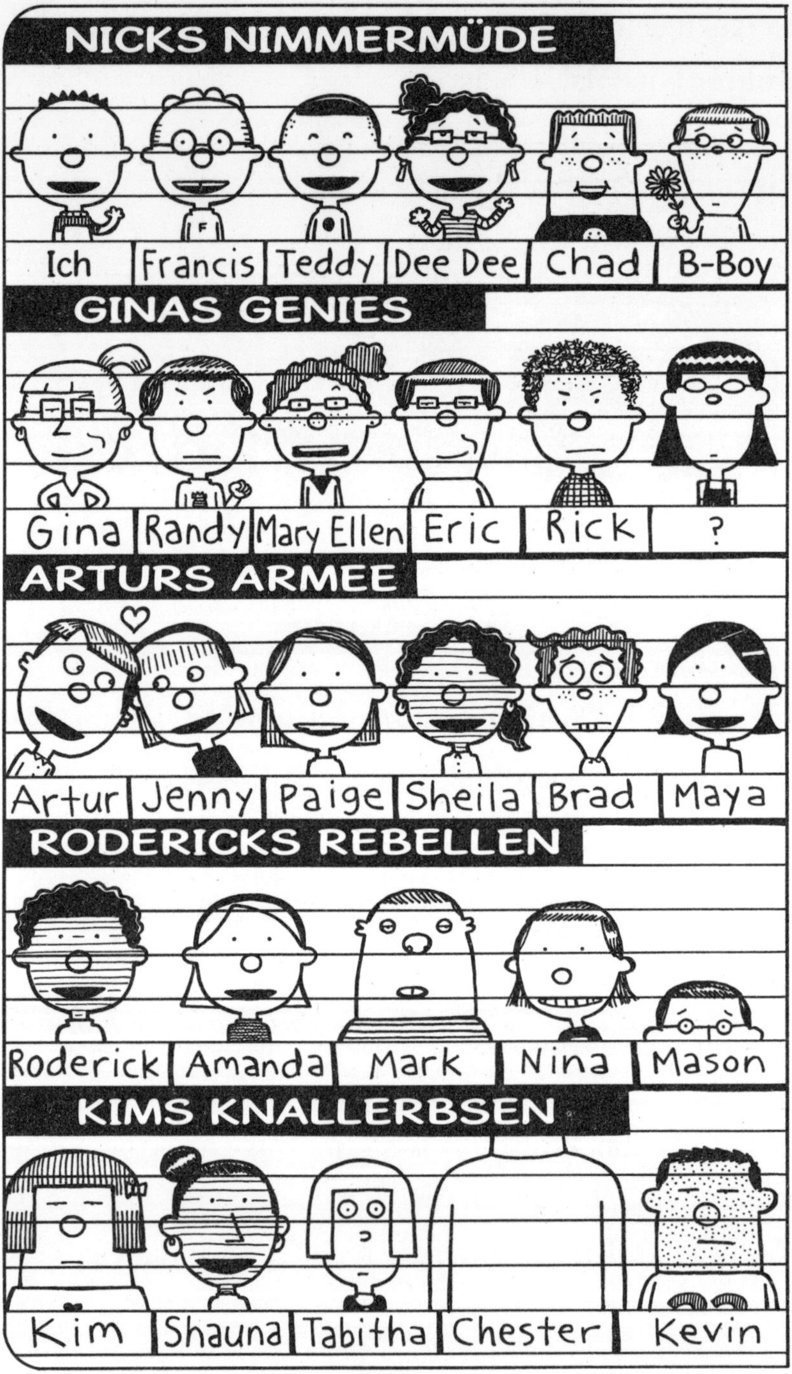
NICKS NIMMERMÜDE
Ich
Francis
Teddy
Dee Dee
Chad
B-Boy
GINAS GENIES
Gina
Randy
Mary Ellen
Eric
Rick
?
ARTURS ARMEE
Artur
Jenny
Paige
Sheila
Brad
Maya
RODERICKS REBELLEN
Roderick
Amanda
Mark
Nina
Mason
KIMS KNALLERBSEN
Kim
Shauna
Tabitha
Chester
Kevin

»Ihr sucht alle nach den gleichen zwölf Sachen«, erklärt Direktor Nichols.

... ABER JEDES TEAM IN ANDERER REIHEN-FOLGE!
SO KOMMT IHR EUCH NICHT DAUERND IN DIE QUERE!

»Wenn ihr etwas findet, dann findet ihr dort auch eine Liste«, fährt er fort. »Auf der macht ihr ein Kreuz bei dem Namen eures Teams.«

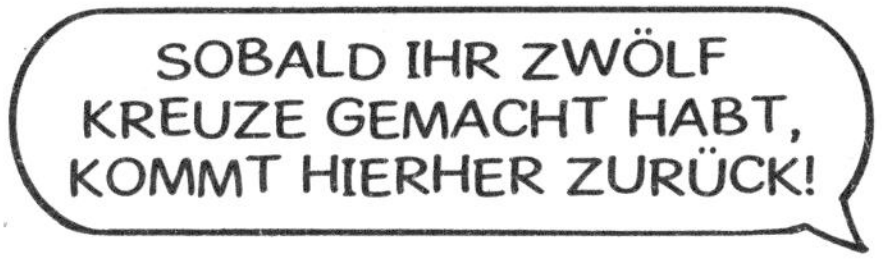
SOBALD IHR ZWÖLF KREUZE GEMACHT HABT, KOMMT HIERHER ZURÜCK!

»Gewinnt das Team, das als Erstes fertig ist?«, will jemand wissen.

Direktor Nichols nickt. »Ja, so ist es.«

»Ist es ein TOLLER Gewinn?«

»Oh, absolut!«, sagt er zwinkernd. »Man könnte sagen, KEINE GRENZEN NACH OBEN.«

WAS **MEINT** ER DAMIT?
ZERBRICH DIR DARÜBER NICHT DEN KOPF! ...
... WEIL **DU** GEWINNST **JA EH** NICHT!

»Und DU etwa SCHON?«, spotte ich. »Du hast RANDY bei dir im Team!«

GENAU! NA **UND?**
! !

Upsi. Notiz an mich: Bevor man sich das Maul über Randy zerreißt, lieber checken, ob er hinter einem steht.

Randy reißt mich rum und nimmt mich in die Mangel. Er ist ziemlich sauer. Außerdem bräuchte er dringend ein Pfefferminzbonbon gegen seinen Stinkeatem.

WILLST DU BEHAUPTEN, GINAS TEAM GEWINNT WEGEN MIR NICHT?

Jep, das trifft es so ziemlich. Hätten wir's dann?

DEIN TEAM IS' DAS MIT DEM WEICHEI:
DEM BLUMEN-FREAK HIER!
SCHUBS!

»Sorry, hab nicht zugehört«, sage ich und werde lauter. »Frag mich nämlich schon die ganze Zeit, wie DU in 'nem Team mit GENIE im Namen landen konntest.«

Direktor Nichols beäugt mich missmutig. »Wir wären dann so weit … wenn es für DICH okay wäre, Nick?«

»Äh … klar«, murmle ich. Meine Wangen glühen wie Asphalt im August.

Er wirft einen letzten Blick auf seine Uhr. »Na schön. Viel Glück, Leute! Die Schnitzeljagd zur Hundertjahrfeier beginnt …«

KAPITEL 11

»Wo wollen wir als Erstes hin?«, fragt Dee Dee, während wir aus dem Cafetorium stürmen.

GEGENSTAND EINS DER LISTE ...
»SCHREIBTISCH MIT TINTENFASS.«

Schlitternd bleiben wir stehen.

»Ich weiß nicht mal, was das SEIN soll«, ächzt Chad.

DOCH!
HAB DAVON GELESEN IN EDNA BIRKDALES TAGEBUCH!

Plötzlich dämmert auch mir, was Francis meint. »STIMMT!«, entfährt es mir. »Das war doch in einem ihrer Comics zu sehen!«

HIER!
Nach Arithmetik üben wir schreiben. Und ihr ratet wie, was passiert ist!
Dieser Halunke Walter Leddy entdeckte Marthas schön langen Zopf ...
IDEE!

... und steckte ihn in das
TINTENFASS! Der Rohling!
HAH! HAH!
OH! NEIN!
Leider bekam Miss Ohrbach das mit und

»Seht ihr?«, sagt Francis und deutet auf Ednas Zeichnung. »Diese altmodischen Pulte hatten LÖCHER für die Tintenbehälter!«

JA! ES GAB KEINE KUGEL-SCHREIBER, MAN BENUTZTE **FÜLLFEDERN!**
HAB ABER NOCH KEINEN SOLCHEN SCHREIBTISCH IN DER SCHULE GESEHEN!
HM ... **ICH** VIELLEICHT SCHON!
WAS??
WANN??
WO??

»Mir nach«, weist Breckenridge uns an. Und dann eilt er wie eine Brieftaube schnurstracks in …

… MISS CLARKES KLASSE?

»Äh, tut mir ja leid, wenn ich dich enttäuschen muss, B-Boy, aber keiner von denen hier hat ein Loch«, meint Teddy und tippt auf einen Tisch.

»Hier drüben.« Breckenridge führt uns zu einem kleinen Pult in der Ecke. Es ist bedeckt mit Büchern und Kisten und …

CHLOROPHYTUM COMOSUM, AUCH BEKANNT ALS SPINNENBLUME!

Teddy verdreht die Augen. »Aufregend.«

»Mir ist das schon an meinem ersten Tag aufgefallen«, erklärt Breckenridge, »weil es aussieht, als würde sie aus dem Pult rauswachsen! TUT sie aber nicht!«

DER TOPF PASST GENAU IN …
… DAS TINTEN-FASS!
KLASSE, BRECKENRIDGE!

»Und SEHT MAL!«, meint Dee Dee, als sie ein Blatt Papier an der Wand entdeckt.

DA IST JA DIE LISTE!
GINAS GENIES
MEGHANS MEER
NICKS NIMMER

»Ha!«, kräht Teddy und überfliegt die Reihe von Kästchen. Keine Haken. »Wir sind die Ersten!«

»Bloß weil der Schreibtisch auf unserer Liste ganz oben steht«, ruft Francis uns in Erinnerung. »Dass wir vor allen anderen hier sind, bedeutet noch lange nicht, dass wir gewinnen!«

NEIN, GANZ IM **GEGEN-TEIL!**
WIR HABEN DEN ERSTEN GEGENSTAND SCHON! DAS IST DER **ZWEITE!**

Na prima. Erst fünf Minuten rum, und schon liegen wir hinten. Wie gern würde ich Gina sagen, sie soll mal auf der Autobahn spielen gehen, aber dazu ist keine Zeit. Wir machen alle sechs kehrt und schießen zur Tür raus.

»Und jetzt, Nick?«, keucht Chad, als wir den Flur runterstürmen.

GEGENSTAND ZWEI IST EIN »FOTO VOM ERSTEN DIREKTOR«!

»Ah! Das ist PIPILEICHT!«, sage ich. »Das hängt hinter Mrs Czerwickis Schreibtisch im Nachsitzraum!«

»Sicher?«, will Breckenridge wissen.

OH, DA IST ER SICH **GANZ** SICHER!
NICK KENNT DEN NACHSITZRAUM WIE SEINE WESTENTASCHE!
HIH! HIH!

Ich funkle Francis böse an. »Zu deiner Info, du Nullpe, meine ERFAHRUNG verschafft uns grad klar 'nen VORTEIL!« Ich geh zu dem Bild. »Gina weiß bestimmt nicht, dass das hier hängt. Sie muss NIE nachsitzen!«

ABER **RANDY** SCHON!
UAH! HAST **RECHT!**
LOS, KOMMT, IHR NIMMERMÜDEN! LEGEN WIR 'NEN ZAHN ZU!

Die folgende Stunde hechten wir von einem Ende des Schulgebäudes zum anderen. Ist fast so, als würden wir für Trainer John Sprints hinlegen, nur ohne das so nervige Gekotze.

KLAR KANN SICH DAS BALD ÄNDERN.
KEUCH! SCHNAUF!
HALTE DURCH, CHAD!

<u>GEGENSTAND VIER</u> ist 'ne Karte der USA, als es noch 45 Staaten waren. Die finden wir im Musikraum hinter einem Sousafon.

STAATEN 46 BIS 50 SIND OKLAHOMA, NEW MEXICO, ARIZONA ...
TRÖT!
MUS

KRRRRRCH!

Wir finden **<u>GEGENSTAND SIEBEN</u>**, ein antikes Vergrößerungsglas, ohne Mr Galvin aufzuwecken.

Und nachdem wir **GEGENSTAND ELF** abgehakt haben, einen hundert Jahre alten Pokal vom Buchstabierwettbewerb (steht auf ’nem Bücherregal im Computerlabor), ist nur noch eine Sache übrig auf unsrer Liste.

ERSTER PLATZ

GEGENSTAND ZWÖLF: Finde etwas, das die Schule zu einem besseren Ort macht. Dann bringe dieses Etwas zu Direktor Nichols ins Cafetorium.

»Hm … was meinen die nur damit?«, fragt Chad.

WIE WÄR'S MIT'M NEUEN SOZIALKUNDELEHRER?
HA!
SEHEN WIR IM LAGER NEBEN DER TURNHALLE NACH! DIE IST **VOLL** MIT ZEUG!

HOFFENTLICH FINDEN WIR WAS VOR ...
... VOR UNS? TUT MIR LEID, »NICKS NULLPEN«! WIR WAREN ZUERST DA! GEHÖRT ALLES UNS!
! !
DU KANNST NICHT DEN GANZEN RAUM BEANSPRUCHEN!
WIR KÖNNEN GENAUSO HIER SUCHEN! LOS, LEUTE, AN DIE ARBEIT!

Keine Spur von den anderen Teams; jetzt heißt es alles oder nichts, wir gegen Ginas Debile – sorry, GENIES! Wenn wir Gegenstand zwölf vor ihnen finden, gewinnen wir die Schnitzeljagd. Aber dazu brauchen wir noch ein klein wenig Glück.

Oder GANZ VIEL Glück. Wie sucht man etwas, wenn

man nicht mal weiß, was es ist? Hier drinnen sieht es aus wie auf einer Müllhalde, alles voller Gerümpel, alter Rohre und verstaubter Bücher. Schwer vorstellbar, dass irgendwas davon die Schule besser machen soll. Dann aber …

IDIOT

LEUTE! HIER DRÜBEN!
HAB WAS GEFUNDEN!

Breckenridge deutet aufgeregt auf die Wand, die halb verdeckt ist von einem hohen Metallregal.

SEHT!
SEHT!
JEMAND
HAT BLUMEN
GEMALT!

Oh Mann. Jetzt fängt der schon wieder mit seinen Blümchen an.

»Breckenridge, wir sollen doch irgendwas finden, das die Schule zu einem besseren Ort macht«, meint Teddy dezent gefrustet.

WAS HILFT
UNS DA WOHL
EIN GRAFFITI?

»Das ist kein Graffiti!«, sagt Breckenridge. »Ist ein Teil von einem größeren Bild! Es ist zum Großteil übermalt!«

»Ein größeres Bild?«, wiederhole ich. »Du meinst, wie ein …«

... WAND-
GEMÄLDE?
LEUTE! WAS, WENN DAS DAS WANDGEMÄLDE AUS EDNAS TAGEBUCH IST?

Francis schüttelt den Kopf. »Nicht möglich. Hickey meinte doch, das sei zerstört worden.«

»Und es befand sich in einem TREPPENHAUS, nicht in einem Lagerraum«, steuert Chad bei.

»Hickey hat doch nur angenommen, dass das Wandgemälde zerstört wurde!«, entgegne ich.

... UND VIELLEICHT **WAR** HIER MAL EINE TREPPE, DAMALS, ALS DIE SCHULE GEBAUT WURDE!

»Selbst WENN es das ist, von dem Edna schreibt«, sagt Teddy, »wie soll das der Schule helfen? Ich meine, was ist so toll an einem alten Wandgemälde?«

IST NICHT NUR EIN ALTES WANDBILD ...
ICH GLAUB, ES STAMMT VON **GRANNY PEPPERS!**
!
!
!

»Die mit dem ZWEI-Millionen-Dollar-Bild?«, fiepst Chad.

»Langsam, langsam, Breckenridge. Ganz ruhig«, sage ich. »Ich seh ja ein, dass es ein Wandgemälde ist, aber … also … wieso sollte es von Granny Peppers sein? Sie ist BERÜHMT!«

ABER **DAMALS** DOCH NICHT, SCHON VERGESSEN? UND SIE WOHNTE IN UNSRER **STADT!**
JA, ABER ...
KNARZ!

Hinter uns ist ein Geräusch zu hören. Beim Umdrehen sehe ich die Genies zur Tür raushuschen. Oje, und sie schleppen eine Kiste davon.

»Bis dann, ihr Immermüden!«, kichert Gina, als sie um die Ecke verschwinden. »Wir sehen uns dann am Ziel!«

Francis stöhnt. »Aaaah! Während wir hier Zeit vergeuden, hat Ginas Team den zwölften Gegenstand gefunden!«

»Wir aber AUCH!«, meint Breckenridge unbeirrt. »Dieses Bild stammt von Granny Peppers!«

UND WIE **WEISST** DU DAS?
IST EBEN SO! KEINE ZEIT FÜR LANGE ERKLÄRUNGEN!
DU MUSST MIR EINFACH **VERTRAUEN!**

Wow. Der Typ, der mich früher als Boxsack missbraucht hat – und der vielleicht unsre einzige Chance auf einen Sieg bei der Schnitzeljagd ist –, bittet mich, ihm zu vertrauen. Wie seltsam ist DAS denn?

Ich hole tief Luft. Dann fälle ich eine Entscheidung. Wie ich es sehe, bleibt mir keine Wahl.

IHR WAR-TET HIER.

»Wo willst du hin?«, fragt Dee Dee.

MUSS ZU DIREKTOR NICHOLS, UND ZWAR VOR GINA
WUSCH!

Schon klar, sie hatten 'nen Vorsprung … aber mit der Kiste müssen Gina und ihr Team zum Cafetorium GEHEN. Ich dagegen rase, als hätte ich Feuer unterm Allerwertesten.

Wir kommen dann tatsächlich gleichzeitig bei Direktor Nichols an.

HABEN WAS GEFUNDEN!
WIR AUCH! JA!

Gina schnaubt spöttisch. »WIR? Wer ist denn WIR? Der Rest von Nicks Nullpen ist ja noch nicht mal HIER!«

»Solange ein Teammitglied anwesend ist, reicht das«, erklärt Direktor Nichols ruhig. Gut gemacht, alter Junge! Jetzt mault sie bestimmt nicht mehr.

»Fangen wir mit Ginas Genies an«, fährt er fort.

WAS HAST DU DENN DA?

Randy stellt die Kiste aufrecht hin und erst jetzt kann ich sehen, was es ist.

'ne VORSCHLAGSBOX!
SCHÜLER SCHREIBEN IHRE VERBESSERUNGS-VORSCHLÄGE AUF UND STECKEN SIE HIER REIN! DIE LEHRER ENTSCHEIDEN DANN, WELCHE DIE BESTEN SIND!
VORSCHLÄGE

»Wenn die Leute mitkriegen, dass sie mit ihren Vorschlägen etwas bewirken, wird die Schule zu einem besseren Ort!«

(Hey, DAS wäre 'ne Idee, Gina: Steck doch deinen Kopf ins Klo! Ab damit in die Vorschlagbox.)

»Gut gemacht, Gina«, sagt der Direktor und nickt anerkennend. »Und was ist mit DIR, Nick?«

ÖH ... KONNTE UNSREN GEGENSTAND 12 LEIDER NICHT MITBRINGEN, ABER ...

»Ha! Sein Team hat gar nichts gefunden!«, jubelt Gina. »WIR HABEN GEWONNEN!«

»Oh doch, wir haben durchaus etwas gefunden«, sage ich zu Direktor Nichols. »Und wenn es das ist, was wir HOFFEN …«

? ?
… GEWINNT DIE GANZE SCHULE!
FOLGEN SIE MIR!

KAPITEL 12

Ich will es kurz machen: Breckenridge hatte recht. Wer die ganze Geschichte hören will, soll einfach den Fernseher anstellen. SOFORT.

ÄHEM!
BALD SIND WIR IN DEN NACHRICHTEN!
ZEHN SEKUNDEN, LEUTE!

Die Schnitzeljagd ist schon eine Woche her – eine VERRÜCKTE Woche. Die Schule war voller Handwerker, Kunstexperten und … ups, muss los. Wir sind auf Sendung.

... UND DAS IST DER JUNGE ENTDECKER DES WANDGEMÄLDES! HI, BRECKENRIDGE!
HI!

»Und jetzt verrate uns, was dich auf die Idee gebracht hat, das Wandbild könnte von der berühmten Volkskünstlerin Granny Peppers stammen?«

DIE ART, WIE SIE BLUMEN MALTE!
MR ROSA, UNSER KUNSTLEHRER, HAT UNS EINEN DRUCK VON GRANNY PEPPERS GEZEIGT ...
BRECKENRIDGE PUFFINGTON III
FAND BEI SCHNITZELJAGD WERTVOLLES WANDBILD

»... und mir fiel auf, dass die Blumen an der Wand GENAUSO aussahen wie die auf ihrem Gemälde!«

ZUM BEISPIEL DIE BLAUE WALD-ASTER ODER *SYMPHYOTRICHUM CORDIFOLIUM* MIT DEN GELBEN STAUBBLÄTTERN ...
ÄHM ... **DANKE** DIR, BRECKENRIDGE! UND HIER IST EUER **DIREKTOR!**

Die Kamera schwenkt rüber zum großen Boss. Hoffentlich hat die ein Weitwinkelobjektiv.

»Direktor Nichols, warum ist die Entdeckung des Gemäldes solch ein Segen für Ihre Schule?«

NUN, GRANNY PEPPERS IST BEKANNT FÜR KLEINERE ÖLGEMÄLDE AUF **LEIN-WAND!**
DIES IST DAS EINZIGE **WANDBILD,** DAS SIE JE GEMALT HAT! ES IST EIN-ZIGARTIG!
WESLEY NICHOLS
DIREKTOR P.S. 38

»Weil es so außergewöhnlich und selten ist«, fährt Direktor Nichols fort, »hat die Schule sich bereit erklärt, es an das Museum für Volkskunst zu verkaufen, wo JEDER in den Genuss seines Anblicks kommt!«

DIE SCHULE NUTZT DEN ERLÖS, UM DRINGENDE GEBÄUDE-REPARATUREN ZU BEZAHLEN!

Das Fernsehteam packt seine Sachen und nachdem wir es geschafft haben, Dee Dee von der Kamera wegzuzerren, gehen wir alle den Flur runter in den Lagerraum.

»Ich wette, die kriegen einen Laster voll Geld für dieses Gemälde«, sagt Francis.

GUT! VIELLEICHT KRIEGEN WIR DANN ENDLICH TÜREN FÜR DIE KABINEN AUF DER JUNGSTOILETTE!
WOW! GUCKT!
SAM

Die ganze Woche lang haben die Leute vom Kunstmuseum an dem Wandbild gearbeitet und die obere Schicht schmutzig grauer Farbe entfernt. Schätze, jetzt sind sie fertig.

»Wunderschön!«, schwärmt Dee Dee.

»Wenn die das Ding ins Museum bringen, sollten sie eine Plakette mit DEINEM Namen anbringen, Breckenridge!«, verkündet Teddy.

OHNE DICH WÜSSTE DIE SCHULE NICHTS VON DEM WANDBILD!

»UND wir hätten bei der Schnitzeljagd verloren«, schiebt Francis noch hinterher.

»Sollten wir für den Sieg nicht eigentlich einen Preis kriegen?«, fragt Chad.

JA, IN DER TAT! WISST IHR NOCH, WIE MEIN HINWEIS LAUTETE?
KLAR! KEINE GRENZEN NACH OBEN!

»Exakt!«, erwidert Direktor Nichols breit grinsend. »Und wenn ihr mir raus aufs Fußballfeld folgt, versteht ihr, was damit gemeint ist!«

MOMENT, WIR SPIELEN FUSSBALL?

»Nicht ganz!«, erklärt er, als wir nach draußen treten. »Euer Preis ist ein bisschen mehr …«

... ERHEBEND!

WOW!

»Steigt ein und genießt die Fahrt, Kinder!«, sagt Direktor Nichols. »Ihr habt es euch verdient!«

»Ein HEISSLUFTBALLON!«, rufe ich. »Das ist … äh …«

WAS IST EIN COOLERES WORT ALS »COOL«?
BRECKENRIDGE! KOMMST DU NICHT?
NÖÖP!

»Was? Warum denn NICHT?«, rufen wir alle im Chor.

»Bin nicht schwindelfrei, das ist alles.«

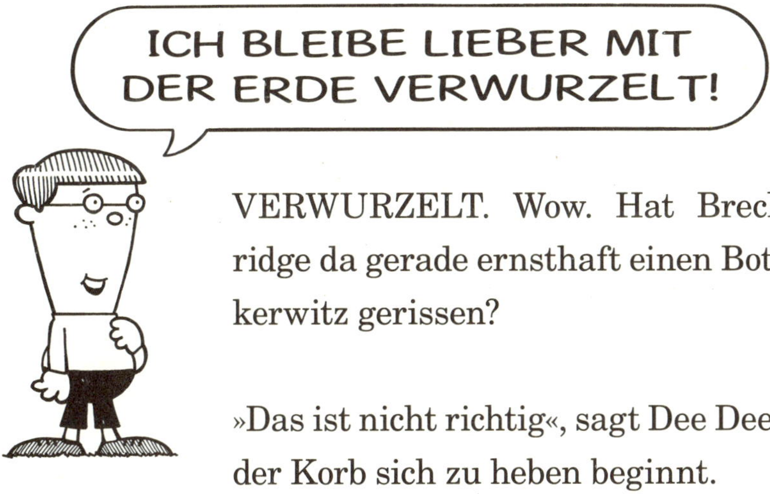
ICH BLEIBE LIEBER MIT DER ERDE VERWURZELT!

VERWURZELT. Wow. Hat Breckenridge da gerade ernsthaft einen Botanikerwitz gerissen?

»Das ist nicht richtig«, sagt Dee Dee, als der Korb sich zu heben beginnt.

»Nur wegen Breckenridge haben wir GEWONNEN und jetzt kommt er noch nicht mal mit!«

Teddy zuckt mit der Schulter. »So ist er nun mal, unser B-Boy. Manche Leute sind eben Einzelgänger.«

Ich schüttele den Kopf. »Tja, er hat so seine Eigenheiten, keine Frage. Aber ein EINZELGÄNGER ist er nicht.«

ER HAT FREUNDE IN GEHOBENEN POSITIONEN!
CLOUD 9 BALLOON TOURS
ENDE

ACHTUNG ... FERTIG ... LOS! SO GEHT ES IM NÄCHSTEN BAND WEITER ...

SUPER NICK STARTET DURCH

Unsre Schülerzeitung, »Der wöchentliche Appell«, hatte Probleme.

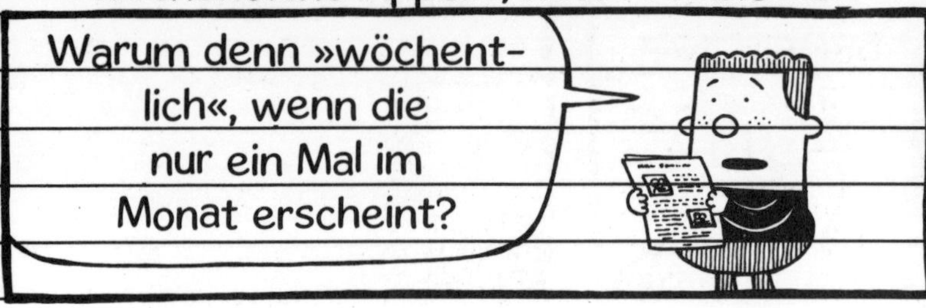
Warum denn »wöchent-lich«, wenn die nur ein Mal im Monat erscheint?

Gute Frage, Chad. Nur so nebenbei: Die Zeitung ist total lahm und bräuchte eine Rundumerneuerung. Zum Glück hatte ich genau den richtigen Mann für den Job.

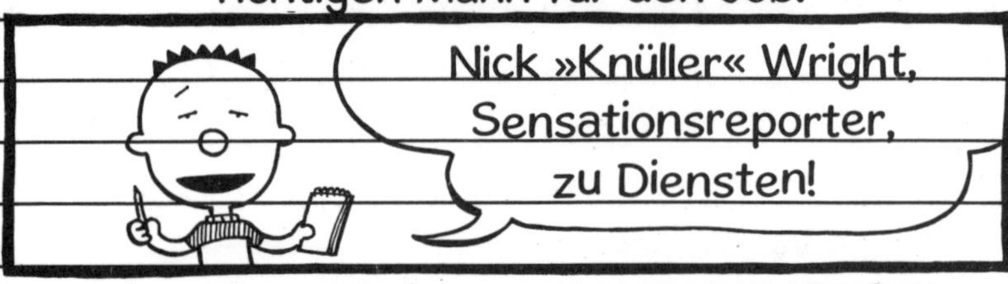
Nick »Knüller« Wright, Sensationsreporter, zu Diensten!

Meine Klatschkolumne, FANFARENSTOSS, kam bei allen gut an, nur nicht bei Obervollidiot Randy Betancourt.

Du hast **DEPP**ancourt geschrieben!
DRUCK-FEHLER!
Jungs! **JUNGS!**

DIREKTOR LÄSST NICK NACHSITZEN ... SCHON WIEDER! Das sollte die Headline sein, oder? Falsch!

Du gehst zur PEER-BERATUNG!

Und rate mal, wer DICH beraten darf?
UAH!

In der Schule war so viel los, dass ich die größten News fast nicht mitbekommen hätte – **DAHEIM!**

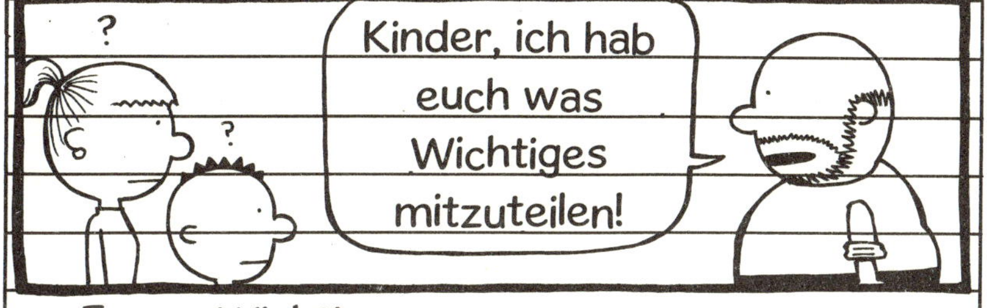
?
?
Kinder, ich hab euch was Wichtiges mitzuteilen!

Etwas Wichtiges ...
und voll **ÜBLES!**

Was soll ich bloß **TUN??**

Finde es raus!
Lies das nächste Abenteuer mit **SUPER NICK!**

© Jessica Gandolf

Lincoln Peirce ist beides: Autor und Cartoonist. Die Figur des *Super Nick* hat er ursprünglich für den Comicstrip »Big Nate« erfunden, der in mehr als 200 amerikanischen Zeitungen erscheint und online täglich unter www.bignate.com.

Lincoln Peirce lebt mit seiner Frau und seinen beiden Kindern in Portland, Maine.

In der Reihe »Super Nick« sind bei cbj außerdem diese Bände erschienen:

Bis später, ihr Pfeifen (Band 1, 15316)
Ihr seid raus, ihr Flaschen! (Band 2, 15354)
Platz da, ihr Nieten! (Band 3, 15554)
Packt ein, ihr Knalltüten! (Band 4, 15622)
Ohne mich, Ihr Sesselpupser! (Band 5, 15681)
Ich zeig's euch, Ihr Dumpfbacken! (Band 6,15850)
Nur für Voll-Checker! (15623)
Nix für Loser! (15624)

»DAS TUT GAR NICHT WEH!«

MRS ALBERT,

SCHUL-SCHWESTER!

Mrs Albert, fühl mich nicht gut!
Hmm.
Mund auf, Gina! Gucken wir mal!
Mini-Taschenlampe
Aaaah ...
Aha, da drinnen ist was!
Ich fass mal rein und hol's RAUS!
ÖKS!
Oh ... das bin ja ICH!
Genau wie ich dachte!
! !
VOLL VON DIR EINGENOMMEN!
Na also! Ist doch meine REDE!
ENDE